알기 쉽고 재미있는

漢 詩 모음

藍溪 **申謹植** 編著

明文堂

서 문

　세상을 살아가면서 중요한 것은 매사에 균형을 맞추는 일이다. 균형을 잃으면 곧바로 파탄에 이르는데 그만치 인간에게는 균형 감각이 온전할 것이 요구된다.

　음식을 고루 섭취하지 않으면 곧 영양실조가 온다. 아무리 입에 맞는 음식이라 하더라도 한 가지만 계속 고집한다면 영양 상태는 균형을 잃고 사람 몸에는 이상이 오게 된다. 육신의 건강을 위해 좋은 음식을 가려먹고 영양을 고루 섭취해야 하는 것처럼, 정신의 건강을 위해서도 무엇인가를 계속해서 보충해 주어야 되겠는데 그 소재로서 무엇이 적당할까.

　경전이나 수신서 같은 책을 읽는 일도 있겠지만, 시(詩) 만한 것이 없다고 본다. 시는 인간의 정서를 순화하고 심성을 도야하는 유효한 수단이다. 옛 성인들도 항상 강조한 바가 시를 배우고 시를 가까이 하라는 것이었다.

　시에는 한글만으로 된 현대시도 있고, 한자만으로 된 한시도 있는데 취향에 따라 어느 시를 읽어도 좋다고 본다. 비유하자면 한글시를 효과가 빠르고 확실한 양약이라고 한다면, 한시는 효험은 좀 더디더라도 근본 원인을 치유하는 한약쯤에 비유한다면 지나친 말일까. 증세에 따라 두 가지를 고루 활용하는 것이 좋다고 본다.

우리 대한민국, 아니 한민족은 비록 좁은 영토 안에 갇혀 살다시피 해왔지만 정신세계만큼은 영역을 크게 벗어나 온 우주를 대상으로 생각하며 꿈꾸어 왔다고 본다. 누가 뭐래도 학문, 예술, 문화가 고유하고도 화려하며 내용면에서 우수하여 세계 어디에 내놓아도 손색이 없다고 본다.

비근한 예로 금속활자나 도자기, 각종 불교예술, 조선의 유교철학만 보아도 독보적이라 할만하다. 음식 먹을 때의 젓가락 사용법이나 온돌방의 주거형태도 우리만의 고유한 문화이다. 근래에 해외 관광을 통해 외국의 문물을 많이 경험하게 되었는데, 화려하고 웅장한 겉모습에만 경탄할 것이 아니라 그 내용을 살펴본다면 별것 아니라는 것을 알게 될 것이다.

문명과 문화의 차이점과 문화와 풍속 간의 다른 점을 간과해서는 안 될 것이다. 적어도 문화라고 하자면 이문교화(以文敎化)가 있어야 하는 것이다.

우리나라는 지금으로부터 약 1300년 전에 유교는 물론이요 중국으로부터 한시 형식이 전래 유입된 이래 고려 광종 9년, 후주(後周) 사람 쌍기(雙冀)의 건의로 과거제도를 실시하여 조선조까지 유능한 인재선발의 수단으로 작시(作詩) 능력을 시험해 왔다. 그 결과 한시 문화가 비약적으로 발전해왔고 한시가 생활화되어 어지간한 사람이면 일상적으로 시를 짓고 시를 주고받으며 풍류를 즐기는 삶을 살아왔다. 선비가 죽은 뒤에는 으레 문집이 남아있어 평생의 시작(詩作)이 자손에게까지 전해지는 게 보통이었다.

병인양요 때 강화성을 유린하고 외규장각 서고에서 수많은 전적을 약탈해간 프랑스인 함대장은 본국으로 돌아가 말하기를, 조선이란 나라가 생활하는 형편이나 무력으로 보아 보잘것 없이 미약하여 손쉽게 승리하고 속풀이는 했으나, 한 가지 기분 나쁜 점은 아무리 가난한 초가집이라 하더라도 집에 책이 몇 권은 꼭 있더라고 하였다. 아마도 천자문이나 계몽편 따위일 것이리라. 예전 서당에서는 아동이 입학하여 10여세쯤 되고, 계몽편이나 동몽선습 같은 책을 배우고 나면 곧 이어서 추구(推句)라고 하는 오언시(五言詩) 짓는 법을 배웠다. 그러므로 15세 전후가 되면 절구 한 수쯤은 지을 수 있었다.

그러던 것이 언제부터인가 한글 전용화가 되면서 그 귀중한 전통문화의 한 축인 한시가 속절없이 끊어지게 되었다. 이렇게 되어도 전혀 문제될 게 없다는 말인가. 언필칭 전통문화는 계승 발전되어야 한다면서 소리 높여 노래하거나 춤추고, 그림 그리고, 글씨 쓰는 것만이 능사는 아닐 것이다. 그 중에는 분명히 빠진 것이 하나 있으니 그것은 바로 한시(漢詩)이다.

한시는 누가 뭐라 해도 3천년 이상 지속되어 온 동양문화의 꽃이다. 소중한 문화유산을 외면한대서야 말이 되겠는가. 그리하여 이 같은 문제점에 대한 관심을 다소라도 환기해 보고자 하는 취지에서 보잘것없는 **한시 모음**을 내게 되었다. 사실 이 일도 외람되고 부끄럽다. 한시의 내용은 차치하고 그 분량만으로 보더라도 가령 중국과 조선의 시인이 천 명이라 치고 한 사람당 천 수씩이면 백만 수쯤 되는 시 속에서 고작 140수 정도를 뽑아놓고 책이라고 내어서이다. 아둔한 소견으로 좋은 시를 고르자니 마치 백사장에서 금 알갱이를 찾는 것 같아 분별하기가 어려웠다.

깊이 있고 좋은 시도 많이 있으나 우리네 정서나 실정에 맞아야 이해가 되고 흥미를 느낄 수 있는 게 아니겠는가. 좁은 지면에 넉넉히 싣지 못하고, 훌륭한 시인들의 시를 모두 망라할 수 없는 점을 독자 제현께서 헤아려 줄 것을 바란다. 그저 초심자에게도 부담되지 않을 만한 작품으로 가능한 한 쉽게 써 보려고 노력은 하였다.

한시는 고체시와 근체시가 있고 성당 이래 성행해 온 근체시는 절구와 율시, 배율 등의 시형이 있고, 또 시 한 구의 글자 수에 따라 오언시, 칠언시가 있다. 근체시는 한자 발음상의 고저장단에 따라 평측으로 나누어 맞춰 지어야 하고, 율시의 경우 대장(對仗)을 하여 짝을 맞추고 운자를 반드시 격구운으로 달며, 그밖에 여러 규칙이 있는 엄격한 정형시이다.

지면 관계상 작시법을 모두 설명할 수는 없으나 한시를 짓지는 못해도 이해만 해도 작법을 알아야 제대로 음미할 수 있는 것이다. 얼마 되지 않은 시로 부실한 설명을 늘어놓아 송구하기는 하나 뜻있는 이들이 한시에 접근하는데 길잡이가 될 수 있다면 그런대로 의의가 있을 것으로 생각된다.

기해년 초봄
사단법인 한국한시협회 부회장
남계 **신 근 식** 근지

목 차

오언율시(五言律詩)

칠언절구(七言絶句)

칠언율시(七言律詩)

■ 中國詩

오언절구(五言絶句) 및 고시(古詩)

오언율시 (五言律詩)

오언배율(五言排律)

칠언절구(七言絶句)

칠언율시(七言律詩)

五言絶句

오언절구

與隋將于仲文

수장 우중문에게 주다

乙支文德

神 _신	策 _책	究 _구	天 _천	文 _문

神策究天文　　귀신같은 대책은 천문을 다했고

妙籌窮地理　　기묘한 꾀는 지리에 달통해서

戰勝功旣高　　싸워서 이긴 공이 이미 높으니

知足願云止　　족함을 알아서 그만두기 바라오

[註] 于仲文 : 隋煬帝 때의 대장.

究 : ① 궁구할 구 ② 다할 구 ③ 지극할 구.

妙籌 : 冊에 따라서는 妙算으로 된 곳도 있으나 運籌帷幄之中이라 하였으니 籌가 옳을 듯싶다.

乙支文德(생몰미상) : 고구려 嬰陽王 때의 文武를 겸전한 名將. 고구려에 침입해 온 隋나라의 백만대군 중 30만 명을 薩水에서 전멸시켜 대승하여 수나라 멸망의 원인을 제공하였다. 이 시는 隋將 우중문을 조롱하기 위해 지은 것으로, 현재까지 남아 있는 우리나라 最古의 漢詩이다.

23

秋夜雨中
비 오는 가을밤

崔致遠

秋風惟苦吟　　가을바람에 오직 시를 읊는데

世路少知音　　세상에 내 뜻을 알아줄 이 몇이나 되나

窓外三更雨　　창밖에는 한밤중 비가 내리고

燈前萬里心　　등불 앞에 내 마음 만리를 달리네

[註] 苦吟 : 괴롭게 시를 읊음.　　知音 : 마음을 알아주는 친한 벗.

崔致遠(875~?) : 字는 孤雲이며 諡號는 文昌侯이다. 신라 진성여왕 때의 名臣, 學者, 詩人으로 慶州 崔氏의 始祖이다. 12세에 唐나라에 유학하여 18세에 賓貢科에 합격하여 內外職을 역임하던 중 討黃巢檄文을 지어 문명을 크게 떨쳤다. 귀국해서는 侍讀 겸 翰林學士가 되었다가 세상이 혼란하므로 名山大刹을 찾아 詩文으로 방랑하였다. 합천 海印寺에 들어가 여생을 마쳤는데 시문집으로 桂苑筆耕이 있다.

晚　望
저물녘에 바라보다

李　奎　報

李杜啁啾後	리두조추후				이백과 두보가 한 번 크게 운 후로는
乾坤寂寞中	건곤적막중				천지가 적막하고
江山自閑暇	강산자한가				강산은 스스로 한가한데
片月掛長空	편월괘장공				조각달만 먼 하늘에 걸려 있어라

[註] 啁啾 : 새가 욺. 그 소리.　寂寞 : ① 적적하고 쓸쓸함 ② 고요함.
暇 : ① 겨를 가 ② 한가할 가.

李奎報(1168~1241) : 字는 春卿이며 號는 白雲居士이다. 고려 高宗 때의
　　文臣 學者로 벼슬은 門下侍中平章事에 이르고 詩文으로 이름이 높았
　　다. 文集으로 李相國集이 있고, 작품은 白雲小說이 있다.

碧瀾渡
벽란도

柳　淑

約 약	湖 호	江 강	負 부	久 구	강호에 살겠다는 약속을 어긴 지 오래여서
年 년	十 십	二 이	塵 진	紅 홍	홍진 속에 이십년 세월을 보냈네
笑 소	欲 욕	如 여	鷗 구	白 백	백구가 웃을 것만 같아
前 전	樓 루	近 근	故 고	故 고	자주 누각 앞에 가까이 가네

[註] 碧瀾渡 : 예성강 하류에 있던 나루 이름.

瀾 : 물결 란.　渡 : ① 건널 도 ② 나루 도.

負 : ① 질 부 ② 저버릴 부.

如欲笑 : 웃고자 하는 것 같아서.　故故 : 자주, 종종.

柳淑(생몰미상) : 字는 純夫이며 號는 思庵이다. 고려 말의 文臣으로 벼슬이 贊成事에 이르고 辛旽에게 被殺되었으며 諡號는 文僖이다.

春 興
봄날의 흥취

鄭 夢 周

春춘	雨우	細세	不부	滴적	봄비가 보슬보슬 방울지지 않더니
夜야	中중	微미	有유	聲성	밤이 되자 가만히 소리가 난다
雪설	盡진	南남	溪계	漲창	눈이 다 녹아 남쪽 시내에 물이 불어나고
草초	芽아	多다	少소	生생	초목의 싹이 다소 돋아나네

[註] 滴 : 물방울 적.　盡 : 다할 진.　漲 : ① 부를 창 ② 찰 창.
芽 : 싹 아, 싹틀 아.

鄭夢周(1337~1392) : 字는 達可이며 號는 圃隱으로 本貫은 延日이다. 文
科에 壯元하고, 恭愍王 때 成均館 學監으로 있으면서 五部學堂을 세
워 후진을 양성하고 성리학을 진흥시켰다. 趙浚, 鄭道傳 등이 李成桂
를 王으로 추대하려는 음모를 저지하려다 善竹橋에서 李芳遠이 보낸
趙英珪에게 피살되었다. 고려 말 三隱의 한 사람이다.

臨死絶命詩
형을 받고 죽음에 처해 지은 시

成 三 問

擊 격	鼓 고	催 최	人 인	命 명	북소리는 이 목숨을 재촉하는데
西 서	風 풍	日 일	欲 욕	斜 사	서풍에 지는 해는 기울어 가네
黃 황	泉 천	無 무	客 객	店 점	황천길에 주막집도 없다 하던데
今 금	夜 야	宿 숙	誰 수	家 가	오늘밤은 뉘 집에서 자고 갈거나

[註] 擊 : ① 칠 격 ② 부딪칠 격.   鼓 : ① 북 고 ② 두드릴 고.
催 : 재촉할 최.   黃泉 : ① 저승 ② 땅 밑의 샘.

成三問(1418~1456) : 字는 謹甫이며 號는 梅竹軒이다. 世宗부터 世祖 때
　까지의 文臣 學者로 集賢殿 學士로 있으며 한글 창제에 공헌하였다.
　端宗 復位를 도모하다가 발각되어 世祖에게 참살당한 死六臣의 한
　사람이다.

伯 牙
백아

申 沆

我 아	自 자	彈 탄	吾 오	琴 금	내 스스로 내 거문고를 타거니
不 불	必 필	求 구	賞 상	音 음	남이 소리를 감상해 주는 것 구할 필요없네
鍾 종	期 기	亦 역	何 하	物 물	종자기 또한 어떤 인물이관대
强 강	辨 변	絃 현	上 상	心 심	거문고 줄에 실린 남의 마음을 잘 설명한다는 말인가

[註] 伯牙 : 古代 中國 거문고의 명수.

　　 鍾期 : 鍾子期. 거문고 소리를 잘 감상, 음미할 줄 알았던 사람.

　　 强辨 : 잘 변명함.　絃 : 거문고 줄.

　　 申沆(생몰미상) : 字는 容耳이며, 三槐堂 從濩의 아들로 成宗의 駙馬 高
　　　　原尉이다. 諡號는 文孝이다.

退 溪
퇴계

李 滉

身 _신	退 _퇴	安 _안	愚 _우	分 _분	몸이 물러나 어리석은 직분으로부터 편해지긴 했지만
學 _학	退 _퇴	憂 _우	暮 _모	境 _경	학문이 퇴보한다면 늘그막에 걱정거리이다
溪 _계	上 _상	始 _시	定 _정	居 _거	시냇물 위에 비로소 살 곳을 마련하고
臨 _림	流 _류	日 _일	有 _유	省 _성	흐르는 물을 보며 매일같이 성찰하련다

[註] 退 : ① 물러날 퇴 ② 물리칠 퇴.   愚 : ① 어리석을 우 ② 나 우.
憂 : 근심 우, 근심할 우.   暮境 : 늘그막, 노경.
省 : ① 살필 성 ② 깨달을 성.

李滉(1501~1570) : 字는 景浩이며 號는 退溪 또는 陶翁이다. 朝鮮 性理
學을 체계적으로 集大成한 大學者로 栗谷 李珥와 함께 쌍벽을 이룬
다. 28세에 進士試에 합격하고 大提學을 거쳐 贊成에 이르렀다. 海
東朱子로 불릴 만큼 儒宗으로 理氣二元論과 四七論을 主張하고 安
東에 陶山書院을 세워 後進을 養成하였다. 저서로는 三經釋義, 理學
通錄, 朱子書節要, 聖學十二圖 등이 있다.

人 生
인생

李 珥

衆 중	鳥 조	同 동	枝 지	宿 숙	뭇 새가 한 가지에서 잠을 자다가
天 천	明 명	各 각	自 자	飛 비	날이 밝으면 각자 날아간다
人 인	生 생	亦 역	如 여	此 차	인생도 이와 같은데
何 하	必 필	淚 루	霑 점	衣 의	어찌 반드시 옷깃을 적셔야 한단 말인가

[註] 淚 : 눈물 루.　霑 : 젖을 점.

李珥(1536~1584) : 字는 叔獻이며 號는 栗谷 또는 石潭으로 本貫은 德
水이다. 明宗 19년(1564), 生員試와 文科에 모두 壯元한 후 九度壯
元公으로 불린다. 吏曹·兵曹判書와 大提學을 두루 역임하고 贊成에
오르기까지 폐풍을 고치고 社會개혁에 노력하고 黨爭을 없애려 애썼
다. 大同法과 社倉의 실시를 주장하고 十萬養兵을 제창하였으나 실
현을 보지 못하였다. 그의 萬言疏는 時弊를 개혁하는 데 목적이 있
었다. 理氣一元的二元論을 주장하여 畿湖學派의 宗長이 되었다. 저
서로는 聖學輯要, 擊蒙要訣, 四書諺解, 小學集註, 栗谷全書가 있다.
謚號는 文成이다.

山 中
산중에서의 일

李 珥

採藥忽迷路
채약홀미로
약을 캐러 다니다 홀연히 길을 잃고 헤매는데

千峰秋葉裏
천봉추엽리
봉우리마다 가을 낙엽이 지네

山僧汲水歸
산승급수귀
산승은 물을 길어 돌아가고

林末茶煙起
림말다연기
수림 끝에서는 차 달이는 연기 오른다

[註] 採 : 캘 채. 忽 : ① 홀연 홀 ② 소홀히 할 홀 ③ 잊을 홀.
迷 : 헤맬 미. 汲 : 물 길을 급. 茶煙 : 차를 달이는 연기.

南溪暮泛

남계에서 저물녘 배를 띄우고

宋翼弼

晚	棹	歸	花	迷
만	도	귀	화	미
遲	灘	月	待	
지	탄	월	대	
釣	垂	猶	裏	醉
조	수	유	리	취
移	不	夢	移	舟
이	불	몽	이	주

꽃에 팔려 돌아가는 길이 늦어지고

달을 기다리느라 여울따라 내려감이 더디네

취한 중에도 오히려 낚시 드리우나

배만 옮겨갈 뿐 꿈은 그대로 맴도네

[註] 泛 : 뜰 범.　棹 : 노 도.　灘 : 여울 탄.　遲 : 더딜 지.

醉 : 취할 취.　釣 : 낚시 조.

宋翼弼(1534~1599) : 字는 雲長이며 號는 龜峰이다. 조선 中宗 29년, 宋
祀連의 아들로 태어나 宣祖 32년까지 66세를 살다 간 學者이다. 祖
母가 중종 때 좌상인 安塘의 庶孫女여서 庶出이라는 이유로 벼슬길
에 나아가지 못하고 오로지 學問 연구와 後進 敎育에 열중함으로써
栗谷 李珥와 牛溪 成渾과 交遊하였다.

偶 吟
우연히 읊다

宋 翰 弼

花 화	開 개	昨 작	夜 야	雨 우	어젯밤 비에 꽃이 피더니만
花 화	落 락	今 금	朝 조	風 풍	오늘 아침 바람에 꽃이 진다
可 가	憐 련	一 일	春 춘	事 사	가련할손 한 봄의 일이여
往 왕	來 래	風 풍	雨 우	中 중	비바람 속에 오고 가누나

[註] 昨 : 어제 작.　憐 : ① 어여삐 여길 련 ② 불쌍히 여길 련.

宋翰弼(생몰미상) : 字는 季鷹이며 號는 雲谷이다. 翼弼의 아우로서 學者이며 詩人.

秋 夜
가을밤

鄭 澈

蕭 소	蕭 소	落 낙	葉 엽	聲 성

우수수 낙엽지는 소리를

錯 착	認 인	爲 위	疏 소	雨 우

성긴 빗소리로 잘못 알고서

呼 호	童 동	出 출	門 문	看 간

아이 불러 문을 나가 보랬더니

月 월	掛 괘	溪 계	南 남	樹 수

시내 남쪽 나무에 달이 걸렸다 하네

[註] 蕭蕭 : ① 말이 우는 소리 ② 바람 소리.

錯 : ① 어긋날 착 ② 그릇할 착. 認 : ① 알 인 ② 허가할 인.

錯認 : 잘못 알다, 착오하다. 掛 : 걸 괘.

鄭澈(1536~1593) : 字는 季涵이며 號는 松江이다. 朝鮮 宣祖 때의 文臣
이며 歌辭文學의 大家이다. 당쟁의 중심에 있어 出仕와 流配를 반복
하였다. 鄭汝立의 大同契를 다스려 左議政이 되었으나 建儲 문제로
선조의 진노를 사 평안도 희천으로 유배되었다가 임진왜란 때 解配
되었다. 주요 작품으로는 關東別曲, 思美人曲, 續美人曲, 星山別曲이
있다.

在海鎮營中
바다 위 진영에서

李舜臣

水國秋光暮	바닷가에 가을빛이 저물어 가니
驚寒雁陣高	추위에 놀란 기러기 떼 하늘 높이 난다
憂心輾轉夜	걱정스런 마음으로 뒤척이는 밤
殘月照弓刀	새벽달이 활과 칼을 비추어 오네

[註] 水國 : 물이 많은 고장.　雁陣 : 기러기 떼.

輾轉 : 뒤척이다.　殘月 : 새벽달.

李舜臣(1545~1598) : 朝鮮 宣祖 때의 名將. 字는 汝該이며 諡號는 忠武이다. 壬辰倭亂과 丁酉再亂을 맞아 수많은 전투에서 倭敵을 대파하고 三道水軍統制使가 되어 閑山大捷과 鳴梁大捷 등 전대미문의 전과를 올림으로써 나라를 위기에서 구하였다. 露梁해전에서 散華한 불세출의 영웅으로 그가 남긴 亂中日記는 國寶76호로 지정되었다.

途中
길을 가는 중

權韠

日 일	入 입	投 투	孤 고	店 점	해가 지자 외딴 주막에 들어 자는데
山 산	深 심	不 불	掩 엄	扉 비	산이 깊다 보니 문도 잠그지 않는다
鷄 계	鳴 명	問 문	前 전	路 로	닭이 울자 길을 물어 떠나는데
黃 황	葉 엽	向 향	人 인	飛 비	단풍잎이 사람을 향해 날아든다

해가 지자 외딴 주막에 들어 자는데
산이 깊다 보니 문도 잠그지 않는다
닭이 울자 길을 물어 떠나는데
단풍잎이 사람을 향해 날아든다

[註] 投 : ① 던질 투 ② 의탁할 투.　掩 : ① 가릴 엄 ② 닫을 엄.
扉 : ① 문짝 비 ② 사립문 비 ③ 집 비.

權韠(1569~1612) : 字는 汝章이며 號는 石洲이다. 擘의 아들로 光海君
때 조정을 비방하는 詩案으로 怨死하고 仁祖反正 後 伸冤되었다.

松都懷古
송도에서의 회고

權 韐

雪 설	月 월	前 전	朝 조	色 색	눈 속의 달은 전조에 비치던 그 빛일 터이요
寒 한	鐘 종	故 고	國 국	聲 성	쓸쓸한 종소리는 옛나라 고려의 종소리이리라
南 남	樓 루	愁 수	獨 독	立 립	시름 속에 남루에 홀로 서 있으려니
殘 잔	郭 곽	暮 모	煙 연	生 생	허물어진 성터에 저녁연기 생겨난다

[註] 韐 : 슬갑 겹.　愁 : 근심 수, 근심할 수.　郭 : ① 외성 곽 ② 둘레 곽.

權韐(생몰미상) : 字는 汝明이며 號는 草樓이다. 權擘의 여섯째 아들이다.

山中秋雨
산중에서 내리는 가을비

劉希慶

白(백)	露(로)	下(하)	秋(추)	空(공)	가을하늘에 찬이슬 내리는데
山(산)	中(중)	桂(계)	花(화)	發(발)	산중에는 계수꽃이 피었네
折(절)	得(득)	最(최)	高(고)	枝(지)	높은 가지 하나를 꺾어들고
歸(귀)	來(래)	伴(반)	明(명)	月(월)	밝은 달을 짝하여 돌아온다

[註] 桂 : 계수나무 계.   折 : 꺾을 절.

劉希慶(1545～1636) : 字는 應吉이며 號는 村隱으로 本貫이 江華이다.
본시 신분은 미천하였으나 南彦經에게 朱文公의 家禮를 배워 禮學
특히 喪禮에 밝았으며, 禮學과 詩文으로 高官 士大夫와의 交遊가 폭
넓었다. 壬辰倭亂 때는 義兵에 참여하였으며 仁祖反正 후 嘉義大夫
가 되었다.

送申使君光洙之任漣川

연천 현감으로 부임하는 신광수 사군을 전송하며

李用休

世俗有恒言
세속유항언
세상 풍속이 항상 말하기를

文人無所用
문인무소용
문인은 쓸모가 없다고들 하나

公爲一洗之
공위일세지
공이 임지에 가거든 단번에 씻어서

使知文人重
사지문인중
문인을 중시하게 하오

李用休(생몰미상) : 字는 景明이며 號는 惠寰이다. 成均館 進士를 지냈다.

首陽山
수양산

李 聃 齡

叩 고	馬 마	人 인	何 하	在 재	주무왕의 말고삐 끌어당기던 백이숙제는 어디 있나
靑 청	山 산	舊 구	餘 여	名 명	청산 수양산은 옛 이름 그대로인데
當 당	年 년	未 미	盡 진	採 채	당년에 다 캐지 못하였던가
薇 미	蕨 궐	至 지	今 금	生 생	고사리가 지금도 생겨나다니

[註] 首陽山 : 山西省 永濟縣 남쪽에 있는 산으로 伯夷·叔齊가 고사리를 캐어 먹다가 죽은 곳으로 알려졌으나 같은 이름의 산이 黃海道 碧城郡 錦山面에도 있음.

聃 : 귓바퀴 없을 담, 사람이름 담, 老聃.

叩 : ① 두드릴 고 ② 조아릴 고 ③ 끌어당길 고.

叩馬 : 周武王 姬發이 포악한 殷나라 紂王을 몰아내려 擧兵하자 말고삐를 잡고 만류한 伯夷와 叔齊의 故事.

薇蕨 : 고사리.

李聃齡(생몰미상) : 朝鮮 英祖 때 선비.

江南曲
강남의 노래

許蘭雪軒

人言江南樂　사람들 강남의 즐거움을 말하나

我見江南愁　나는 강남에서 시름을 볼 뿐이네

年年沙浦口　해마다 사주 포구에 나와

膓斷望歸舟　애간장이 끊어지도록 돌아올 배를 바라보네

[註] 沙 : 모래 사.　浦 : 개 포.　膓 : ① 창자 장 ② 마음 장.

許蘭雪軒(1563~1589) : 字는 景樊(경번)이며 본명은 楚姬로 본관은 江陵이다. 許曄의 딸로 金誠立의 아내이며, 荷谷 許篈과 蛟山 許筠의 妹氏이다. 천부적인 詩才로 우수한 시를 200여수나 남겨 中國에까지 文名이 알려졌고, 그가 지은 白玉樓上樑文은 천하에 名文이다.

牽 牛
견우

李 媛

洗 세	面 면	盆 분	爲 위	鏡 경	세수한 뒤 대야의 물로 거울삼고
梳 소	頭 두	水 수	作 작	油 유	머리 빗고 기름 대신 물을 바르는데
妾 첩	身 신	非 비	織 직	女 녀	이 몸이 직녀가 아닌 바에야
夫 부	豈 기	以 이	牽 견	牛 우	지아비가 어찌 견우일 수 있으리까

[註] 洗 : 씻을 세.　鏡 : 거울 경.　梳 : 얼레빗 소, 빗을 소.

織 : ① 짤 직 ② 직물 직.　牽 : 끌 견.

李媛(생몰미상) : 號가 玉峰으로 郡守 李逢之의 딸이며 雲江 趙瑗의 副
室이었다. 어느 때 소도둑의 혐의를 받고 옥에 갇혀 있는 백성의 아
낙이 찾아와 딱한 사정을 말하자, 玉峰이 이 詩를 지어주어 방면은
되었으나 이에 노한 영감의 분부로 집에서 쫓겨났다고 한다. 壬辰倭
亂 중에 殉節하였다.

半 月
반달

黃 眞 伊

誰 수	斷 단	崑 곤	山 산	玉 옥	뉘라서 곤륜산 옥을 끊어서
裁 재	成 성	織 직	女 녀	梳 소	직녀의 얼레빗을 만들었나
牽 견	牛 우	一 일	去 거	後 후	견우 한 번 간 후로는
愁 수	擲 척	碧 벽	空 공	虛 허	시름 끝에 푸른 허공에 던져 버렸네

[註] 崑 : 산 이름 곤.　崑山 : 崑崙山, 西藏에 있는 산으로 美玉을 산출함.
　　梳 : 얼레빗 소.　擲 : 던질 척.

黃眞伊(생몰미상) : 朝鮮 明宗代 開城의 이름난 명기다. 歌舞 외에 漢詩
　　와 書畵에도 能했다고 한다. 自身을 포함하여 徐花潭, 朴淵瀑布를
　　松都三絶이라고 하였다.

白馬江
백마강

翠　仙

晚	泊	皐	蘭	寺	느지막이 고란사에 배를 대고
만	박	고	란	사	
西	風	獨	倚	樓	서풍 불 때 홀로 누각에 의지해 있네
서	풍	독	의	루	
龍	亡	雲	萬	古	용은 사라지고 구름만 만고에 흐르고
룡	망	운	만	고	
花	落	月	千	秋	꽃이 진 뒤로 천년세월 지나가네
화	락	월	천	추	

[註] 皐蘭草는 고사릿과에 딸린 늘푸른 여러해살이의 고등 은화식물이다.
扶餘 고란사 암벽에 많이 자생하여 고란사라는 이름이 전해진다.

泊 : ① 배 댈 박 ② 머무를 박.　皐 : 물가 고, 늪 고, 오월 고.

龍亡 : 용이 죽어 버림. 百濟가 亡할 때 唐나라 소정방이 말고기를 미끼
로 白江의 龍을 낚았다는 고사.

翠仙(생몰미상) : 號는 雪竹으로 金哲孫의 소실이었다 한다.

五言律詩
오언율시

甘露寺次韻
감로사 시를 차운함

金富軾

俗 속	客 객	不 부	到 도	處 처	속객은 이를 수 없는 곳에
登 등	臨 림	意 의	思 사	淸 청	올라보니 심사가 맑아진다
山 산	形 형	秋 추	更 갱	好 호	산의 모습은 가을 되자 다시 좋아 보이고
江 강	色 색	夜 야	猶 유	明 명	강물 빛은 밤인데도 오히려 밝다
白 백	鳥 조	高 고	飛 비	盡 진	흰 갈매기는 높이 떠서 날아가 버리고
孤 고	帆 범	獨 독	去 거	輕 경	외로운 배만 홀로 가벼이 간다
自 자	慚 참	蝸 와	角 각	上 상	스스로도 부끄러운 것은 달팽이 뿔 같은 좁은 세상에서
半 반	世 세	覓 멱	功 공	名 명	반평생을 공명 찾아 헤매인 것이네

[註] 慚 : 부끄러울 참, 부끄러워할 참. 蝸 : 달팽이 와. 覓 : 찾을 멱.

金富軾(1075~1151) : 字는 立之이며 號는 雷川이다. 고려 肅宗 때 과거에 급제하였다. 仁宗 때 妙淸의 난을 진압하여 功을 세운 후 門下侍中이 되었으며 仁宗의 命을 받아 三國史記를 편찬하였다. 思想과 행적이 事大主義者의 표상처럼 되었다.

送 人
임을 보내며

鄭 知 常

庭前一葉落　뜰 앞에 나뭇잎 지고
정전일엽락

床下百蟲悲　상 밑에 백충의 소리 구슬픈데
상하백충비

忽忽不可止　바쁜 걸음은 그칠 수 없다지만
총총불가지

悠悠何所之　유유히 어디로 가시는가
유유하소지

片心山盡處　마음 한 조각은 산이 다한 곳으로 내닫고
편심산진처

孤夢月明時　외로운 꿈은 달 밝은 때 깊어지겠지
고몽월명시

南浦春波綠　남포에 봄 물결 파래질 때면
남포춘파록

君休負後期　그대는 다음날의 기약을 어기지 말게나
군휴부후기

[註] 忽忽 : 바쁜 모양.　悠悠 : 한가히 가는 모양.

鄭知常(?~1135) : 고려 仁宗 때의 文臣이며 詩人으로 號는 南湖이다. 晩
　唐詩風을 따랐는데 妙淸, 白壽翰 등과 西京遷都와 稱帝建元을 주장
　하다가 金富軾에 의해 誅殺되었고, 思想은 老莊學이었다. 벼슬은 司
　諫에 이르렀다.

石竹花
패랭이꽃

鄭襲明

世 세	愛 애	牧 목	丹 단	紅 홍

세상 사람들 모란꽃의 붉은빛을 사랑하여

栽 재	培 배	滿 만	院 원	中 중

집안 가득 이를 재배하나

誰 수	知 지	荒 황	草 초	野 야

뉘 알랴 거친 초야에도

亦 역	有 유	好 호	花 화	叢 총

또한 좋은 꽃 떨기 있음을

色 색	透 투	村 촌	塘 당	月 월

그 빛은 달빛어린 마을 연못에 미치고

香 향	傳 전	隴 롱	樹 수	風 풍

향기는 바람을 타고 언덕 위 나무에 전해진다

地 지	偏 편	公 공	子 자	少 소

땅이 외지다 보니 귀공자의 찾는 일은 적고

嬌 교	態 태	屬 속	田 전	翁 옹

아름다운 자태를 농사짓는 늙은이에게나 뽐낸다

[註] 叢 : 떨기 총, 모일 총, 숲 총.　隴 : ① 언덕 롱 ② 밭두둑 롱.

透 : ① 통할 투 ② 환할 투 ③ 사무칠 투.　隴樹 : 언덕 위의 나무.

田翁 : 농사짓는 늙은이.

鄭襲明(생몰미상) : 高麗 仁宗 때의 文臣. 延日 鄭氏 始祖로 벼슬은 翰林學士를 지냈다.

浮碧樓
부벽루

李 穡

昨過永明寺 작과영명사 — 어제 영명사를 지나서

暫登浮碧樓 잠등부벽루 — 잠시 부벽루에 오른다

城空月一片 성공월일편 — 성은 텅 빈 채 조각달만 떠있고

石老雲千秋 석로운천추 — 돌은 오래된 채 구름만 오랜 세월 오간다

麟馬去不返 린마거불반 — 인마는 한 번 가고 돌아오지 않는데

天孫何處遊 천손하처유 — 천손은 어느 곳에서 노니시는가

長嘯倚風磴 장소의풍등 — 바람 부는 비탈길을 길게 읊으며 오르려니

山青江自流 산청강자류 — 산은 푸르고 강물만 제대로 흘러가네

[註] 永明寺 : 평양 錦繡山에 있는 절.   石老 : 오래 묵은 돌.
麟馬 : 東明王이 타고 하늘로 올라갔다고 하는 기린말.
天孫 : 王孫.   磴 : 비탈길 등.

李穡(1328~1396) : 字는 穎叔이며 號는 牧隱이다. 麗末 名臣이자 大性理
學者로 벼슬이 門下侍中에 이르렀다. 麗末 三隱의 한 사람이다.

奉使日本
일본에 사신이 되어

鄭夢周

水國春光動　물 많은 섬나라에 봄빛이 돌건만

天涯客未行　하늘가에 나그네는 할 일을 아직 다 못하고 있네

草連千里綠　풀은 천리에 연해 푸르고

月共兩鄉明　달은 두 나라를 밝게 비추는데

遊說黃金盡　유세하는데 황금은 소진하고

思歸白髮生　돌아갈 생각에 백발만 더해가네

男兒四方志　남아가 사방에 뜻을 두는 것은

不獨爲功名　홀로 공명만을 위한 것은 아닐세

[註] 涯 : ① 물가 애 ② 끝 애.

說 : ① 말씀 설, 말할 설 ② 달랠 세 ③ 머무를 세 ④ 기뻐할 열.

花石亭

화석정

李　珥

晚 만	已 이	秋 추	亭 정	林 림
窮 궁	無 무	意 의	客 객	騷 소
碧 벽	天 천	連 련	水 수	遠 원
紅 홍	日 일	向 향	楓 풍	霜 상
月 월	輪 륜	孤 고	吐 토	山 산
風 풍	里 리	萬 만	含 함	江 강
去 거	處 처	何 하	鴻 홍	塞 새
中 중	雲 운	暮 모	斷 단	聲 성

숲속 정자에 가을이 이미 늦으니

시인의 생각 다함이 없네

먼 곳의 물은 하늘에 연해서 푸르고

서리 맞은 단풍은 해를 향해 붉게 타네

산은 외로운 바퀴의 달을 토해내고

강은 만 리 밖에서 불어오는 바람을 머금었네

변방 기러기 어느 곳으로 날아가는가

그 소리가 저무는 구름 속에서 끊어지네

[註] 花石亭 : 李珥가 벼슬에서 물러나 머물렀던 정자. 경기도 파주시 임진강
가에 있다.

騷客 : 시인과 文士를 통틀어 이르는 말.

嶺南嶽
영남의 산악

宋翼弼

草 초	衣 의	人 인	三 삼	四 사	은거하는 이 서넛이
於 어	塵 진	世 세	外 외	遊 유	티끌세상 밖에서 노니는데
洞 동	深 심	花 화	意 의	懶 라	골이 깊다 보니 꽃이 늦게 피고
山 산	疊 첩	水 수	聲 성	幽 유	산이 겹치다 보니 물소리가 그윽하다
短 단	嶽 악	盃 배	中 중	畫 화	낮은 산은 술잔 속의 그림이요
長 장	風 풍	袖 수	裏 리	秋 추	오랜 바람은 소매 속의 가을이네
白 백	雲 운	巖 암	下 하	起 기	흰 구름은 바위 아래서 일어나는데
歸 귀	路 로	駕 가	青 청	牛 우	돌아오는 길 청우를 탔네

[註] 嶽 : 큰산 악.   草衣 : 隱者의 옷, 은자, 벼슬 없이 한미한 사람.
懶 : 게으를 라.   袖 : 소매 수.
青牛 : 老子가 탄 수레를 끌고 함곡관을 지났다는 푸른 소.

松潭偶吟

송담에서 우연히 읊음

宋柟壽

石嶺春猶早　　돌 많은 산마루에 봄이 아직은 일러서
석령춘유조

沙村雪未消　　사촌에는 눈이 녹지 아니하네
사촌설미소

鳥投溪外樹　　새는 개울 건너 나무에 깃들고
조투계외수

人斷柳邊橋　　버드나무 가 다리에 사람 자취 끊어졌네
인단류변교

野老偏憂國　　초야의 늙은이는 나라 걱정 많은데
야로편우국

山戎久據遼　　오랑캐는 오래도록 요동을 점거하고 있다
산융구거료

西征健兒盡　　건아들이 서정에 모두 나가서
서정건아진

閭巷日蕭條　　마을 안은 하루 종일 쓸쓸하다
려항일소조

[註] 柟 : ① 녹나무 남 ② 굴거리나무 남.　石嶺 : 돌이 많은 고갯마루.
沙村 : 모래톱이 있는 강변 마을.　偏 : ① 치우칠 편 ② 외곬으로 편.
戎 : 오랑캐 융, 군사 융.
山戎 : 옛날 중국 동북부에 살던 오랑캐 종족의 이름.　據 : 웅거할 거.
蕭條 : 쓸쓸한 모양, 한적한 모양.

宋柟壽(1537~1626) : 字는 靈老이며 號는 松潭이다. 中宗, 宣祖, 仁祖 때 사람으로 벼슬은 蔭으로 郡守에 이르렀다.

浮碧樓
부벽루

奇 大 升

錦금	繡수	山산	前전	寺사
大대	同동	江강	上상	樓루

금수산 앞에 절이 있고

대동강 위에 누각이 있네

江강	山산	自자	古고	今금
往왕	事사	幾기	春춘	秋추

강산은 고금이 한가지인데

지나간 일들은 몇 해나 되었나

粉분	壁벽	留류	佳가	句구
蒼창	崖애	記기	勝승	遊유

분벽에는 아름다운 글귀가 남아 있고

푸른 기슭에는 잘 놀다간 기록이 쓰여 있네

扁편	舟주	不불	迷미	路로
余여	亦역	泝소	淸청	流류

조각배는 길을 헤매는 일도 없어

나 역시 맑은 물을 거슬러 오르네

[註] 錦繡山 : 평양 교외 모란봉이 있는 산.　繡 : ① 수놓을 수 ② 비단 수.

幾春秋 : 봄가을이 몇 번이나 지나갔나.　粉 : ① 가루 분 ② 분 분.

粉壁 : 흰 벽.　蒼崖 : 푸른 산기슭.

勝 : ① 이길 승 ② 나을 승 ③ 견딜 승.

扁 : ① 거룻배 편 ② 납작할 편.

泝 : ① 거스를 소, 거슬러 올라갈 소 ② 향할 소.

奇大升(1527~1572) : 字는 彦이며 號는 高峰이다. 明宗 때 文科 급제하여 벼슬이 副提學에 이르렀다. 諡號는 文憲이다.

南海陣中吟

남해 진중에서 읆다

李舜臣

天_천 步_보 西_서 門_문 遠_원	임금님 서문 나서 멀리 계시고
東_동 宮_궁 北_북 地_지 危_위	동궁은 위험한 땅 북지에 있는데
孤_고 臣_신 憂_우 國_국 日_일	외로운 신하는 나라를 근심하고
壯_장 士_사 樹_수 勳_훈 時_시	장사는 공훈을 세울 적에
誓_서 海_해 魚_어 龍_룡 動_동	바다를 두고 서약하매 어룡이 뛰고
盟_맹 山_산 草_초 木_목 知_지	산악에 맹서하니 초목이 알아듣네
讐_수 夷_이 如_여 盡_진 滅_멸	원수의 오랑캐 섬멸할 터이면
雖_수 死_사 不_불 爲_위 辭_사	이 목숨 다한대도 사양치 않으리

[註] 天步 : 임금님의 행차.　東宮 : 王世子.　樹 : ① 나무 수 ② 세울 수.
　　誓 : 맹세 서, 맹세할 서.　讐 : 원수 수.
　　滅 : ① 멸할 멸 ② 다할 멸.　辭 : ① 말씀 사 ② 사양할 사.

江亭次雙泉韻

강정에서 쌍천시를 차운함

劉希慶

嫩 눈	綠 록	門 문	前 전	柳 류	문 앞의 버들은 어린잎이 돋아나고
微 미	凉 량	檻 함	外 외	風 풍	난간 밖 바람도 서늘한데
乾 건	坤 곤	分 분	上 상	下 하	건곤은 아래위로 나뉘고
日 일	月 월	見 견	西 서	東 동	해와 달은 동서로 보인다
萬 만	象 상	孤 고	吟 음	裏 리	만상을 두고 외로이 읊는 속에
千 천	山 산	一 일	望 망	中 중	천산을 한 번 바라보는 중이네
漁 어	樵 초	生 생	計 계	足 족	고기 잡고 나무하여 생계는 족하나
愧 괴	我 아	枕 침	流 류	翁 옹	글을 잘못하는 내가 부끄럽다

[註] 嫩 : ① 어릴 눈 ② 예쁠 눈 ③ 조금 눈.　檻 : 난간 함.

漁 : 고기 잡을 어.　樵 : 나무할 초.

枕流 : 枕流漱石. 흐르는 물을 베개 삼고 돌로 양치질한다. 晉나라 때 孫
楚가 枕石漱流라고 쓰려던 것을 잘못 쓴 것이 굳어 버렸다.

春 愁
봄날의 시름

申 光 洙

地(지)深(심)明(명)月(월)浦(포) — 명월포는 땅이 깊은데

春(춘)暗(암)綠(록)橙(등)城(성) — 등자성은 봄이 되면 어두컴컴하다

官(관)妓(기)能(능)調(조)馬(마) — 관기도 능히 말을 부릴 줄 알며

船(선)人(인)不(불)畏(외)鯨(경) — 뱃사람은 고래도 두려워 않는다

文(무)章(장)風(풍)土(토)記(기) — 문장이 있어 풍토를 기록하는데

花(화)鳥(조)月(월)朝(조)評(평) — 화조로 월조평을 삼는다

知(지)海(해)防(방)營(영)將(장) — 바다를 잘 아는 방어진 영장은

時(시)來(래)慰(위)客(객)情(정) — 때때로 와서 객정을 위로한다

[註] 明月浦 : 포구 이름.　橙 : 등자나무 등.
　　　調 : ①고를 조 ②길들일 조.　鯨 : 고래 경.
　　　月朝評 : 月旦評. 매월 초하루 아침의 人物評. 後漢 末 許劭는 종형 許靖과 함께 매월 초하루에 鄕黨의 人物評을 하였다.

申光洙(1713~1775) : 字는 聖淵이며 號는 石北, 五嶽山人이다. 朝鮮 英祖 때의 文臣으로 초년에 불우했으나 耆老試에 壯元하고 承旨, 漣川 현감, 敦寧都正을 역임하였다. 그가 지은 關山戎馬는 管絃歌詞에 올라 人口에 회자되고 있다. 저서로는 石北詩集이 있다.

瀋陽寄內南氏

심양에서 내자 남씨에게 부침

吳達濟

琴瑟恩情重 (금슬은정중)	금슬 같은 은혜와 정은 소중한 것이건만
相逢未二朞 (상봉미이기)	서로 만난 지 두 돌이 못 되었네
今成萬里別 (금성만리별)	이제 만리 밖에 이별을 하게 되어
虛負百年期 (허부백년기)	백년 기약을 어겼네
地潤書難寄 (지활서난기)	땅이 멀어 편지도 부칠 수 없고
山長夢亦遲 (산장몽역지)	산이 높아 꿈 또한 더디네
吾生未可卜 (오생미가복)	나의 생사를 점칠 수 없으니
須護腹中兒 (수호복중아)	부디 복중의 아이를 잘 보호해주오

[註] 寄 : ① 맡길 기 ② 부칠 기 ③ 의뢰할 기.　內南氏 : 아내인 南氏.

琴瑟 : 큰 거문고와 작은 거문고로 부부간의 정의를 가리킴.

未二朞 : 두 돌이 못 되다.　朞 : 돌 기.　潤 : ① 넓을 활 ② 멀 활.

護 : ① 도울 호 ② 지킬 호.　腹 : 배 복.

吳達濟(생몰미상) : 字는 季輝이며 號는 秋潭으로, 仁祖 때 弘文館 修撰을 지냈다. 三學士의 한 사람으로 瀋陽에서 殉節하였다.

破格詩
파격적인 시

金 炳 淵

天 천	長 장	去 거	無 무	執 집	천장이 머니 잡을 수 없고 (천장에는 거미집이요)
花 화	老 로	蝶 접	不 불	來 래	꽃이 늙으니 나비도 찾아오지 않는다 (화로에서는 겻불내가 난다)
菊 국	樹 수	寒 한	沙 사	發 발	국화는 차가운 모래밭에 피고 (국수가 한 사발이요)
枝 지	影 영	半 반	從 종	地 지	가지 그림자는 땅에 반쯤 끌린다 (지렁이 반 종지쯤이라)
江 강	亭 정	貧 빈	士 사	過 과	강가 정자에는 가난한 선비 지나가고 (빈 강정에 사과가 있고)
大 대	醉 취	伏 복	松 송	下 하	대취하여 소나무 밑에 엎드려 있다 (대추 복숭아로다)
月 월	移 이	山 산	影 영	改 개	달이 옮기어 가매 산그림자 바뀌고 (사냥개를 부르는 소리)
通 통	市 시	求 구	利 리	來 래	시정을 통해 이익을 구해온다 (뒷간에는 구린내뿐이로다)

[註] 通市 : = 通屎 = 雪隱. 뒷간, 변소.　屎 : 똥 시.

金炳淵(1807~1863) : 字는 性深이며 號는 蘭皐이다. 金益淳의 손자, 金
安根의 아들로 나라를 주름잡던 壯洞金氏이다. 흔히 말하는 김삿갓
(金笠)으로 비상한 재질을 타고났으나 洪景來亂 때 조부가 적에게 投
降함으로써 폐족이 되어 평생을 방랑시인으로 생을 마쳤다.

讀中庸

중용을 읽고서

姜靜一堂

一編思聖傳 (일편사성전)	자사께서 지으신 성전 일 편에
千載繼開多 (천재계개다)	오랜 세월 계왕 개래함이 많았네
體立無偏倚 (체립무편의)	본체(근본)는 치우침이 없이 서 있고
用行不謬差 (용행불류차)	작용은 어그러짐이 없이 행해지도다
始能存戒愼 (시능존계신)	처음 경계하고 삼가는 바 있으면
終可致中和 (종가치중화)	마침내 과불급에 이르는 것을
達道關三德 (달도관삼덕)	달도는 지·인·용 삼덕에 관련하는 것
誠哉理孰加 (성재리숙가)	참되도다 이 이치 뉘라서 더하리오

[註] 編 : ①맬 편, 엮을 편 ②책 편.　思聖傳 : 子思가 지은 中庸.

繼開 : 繼往聖 開來學. 성현을 잇고 후학을 열어 주다.

體 : 자체 체, 근본 체. 움직일 수 없는 것.

用 : 작용, 효용.　謬差 : 그릇되고 틀림.　戒愼 : 경계하고 삼감.

中和 : 치우치지 않고 過不及이 없음.　三德 : 三達德, 곧 智·仁·勇.

誠 : ①성 성 ②참으로 성 ③참 성.

姜靜一堂(1772~1832) : 명망 있는 선비 姜在洙의 딸로 6세 年下인 尹光演에게 出嫁하였다. 親家와 媤家 모두 군색하여 손수 길쌈과 삯바느질로 생계를 꾸리면서 남편의 학업을 도왔다. 150여편의 빼어난 시를 남긴 女中君子이다.

送別蘇判書
소판서를 송별하며

黃眞伊

한시	독음	해석
月下庭梧盡	월하정오진	달빛어린 뜨락에 오동잎은 다 지고
霜中野菊黃	상중야국황	서리 내린 중 들국화는 노랗게 피었네
樓高天一尺	루고천일척	누각은 높이 솟아 하늘이 한 자쯤 남고
人醉酒千觴	인취주천상	사람은 몹시 취해 천 잔 술을 마신 듯
流水和琴冷	류수화금랭	흐르는 물소리는 가야금과 차게 어우러지고
寒花入笛香	한화입적향	철 늦은 꽃향기는 피리 속에 묻어 드는데
明朝相別後	명조상별후	밝는 날 아침 서로 이별한 뒤로는
情與碧波長	정여벽파장	그리는 정 푸른 파도처럼 길이 흐르리

[註] 觴 : 잔 상.　寒花 : 늦가을과 겨울에 피는 꽃. 예컨대 臘梅 같은 것.
與 : ①더불어 여 ②및 여 ③줄 여 ④편들 여 ⑤보다는 여 ⑥참여할
여.

七言絶句

칠언절구

絶 句
절구

崔 沖

滿庭月色無煙燭
만 정 월 색 무 연 촉

뜰에 가득한 달빛은 연기 없는 촛불이요

入座山光不速賓
입 좌 산 광 불 속 빈

자리에 들어온 산빛은 불청객일레

更有松絃彈譜外
갱 유 송 현 탄 보 외

게다가 탄보 외의 솔바람 소리 있어

只堪珍重未傳人
지 감 진 중 미 전 인

그 값지고 소중함을 누릴 뿐 남에게는
전하지 않으리

[註] 速 : 부를 속.   松絃 : 솔바람 소리.   彈譜 : 樂譜.

未傳人 : 남에게는 전해 주지 않는다.

崔沖(984~1068) : 고려 초기의 학자. 字는 浩然이며 호는 惺齋이다. 文
宗 때 門下侍中이 되고 致仕 후에는 九齋 私學을 일으켜 敎育에 힘
썼다. 海東孔子라고 불리며 諡號는 文憲이다.

大同江
대동강

鄭 知 常

雨歇長堤草色多
우 헐 장 제 초 색 다

비 그치니 장둑에는 풀빛이 짙은데

送君南浦動悲歌
송 군 남 포 동 비 가

임을 보내는 남포에는 이별가가 흐른다

大同江水何時盡
대 동 강 수 하 시 진

대동강 물은 어느 때나 마르려는가

別淚年年添綠波
별 루 년 년 첨 록 파

해마다 이별의 눈물이 파도 위에 더해
지니

[註] 雨歇 : 비가 그치다, 개다.　南浦 : 대동강 하구의 지명.
　　　悲歌 : 비장한 노래, 또는 이별의 슬픈 노래.

西　都
서도, 평양

鄭　知　常

紫陌春風細雨過
자 맥 춘 풍 세 우 과

輕塵不動柳絲斜
경 진 부 동 류 사 사

綠窓朱戶笙歌咽
록 창 주 호 생 가 열

盡是梨園弟子家
진 시 리 원 제 자 가

큰길에 봄바람 불고 가랑비 지나가니

먼지도 일지 않고 버들가지 비껴 있네

푸른 창 붉은 문호마다 풍악 소리 자지러지니

이곳이 모두 이원 자제의 집이란 말인가

[註] 西都 : 平壤.　　紫陌 : 서울의 도로, 도읍지 거리.　　柳絲 : 버들가지.

咽 : ① 목구멍 인 ② 목멜 열.

梨園 : 唐 玄宗 때 歌客과 배우들이 歌舞와 技藝를 익히던 곳.

瀟湘夜雨
소상강에 내리는 밤비

李 仁 老

一帶滄波兩岸秋	한 줄기 강물에 창파 일어 양편 언덕은 가을인데
일 대 창 파 량 안 추	
風吹細雨灑歸舟	가랑비에 바람 불어 돌아가는 배에 뿌린다
풍 취 세 우 쇄 귀 주	
夜來泊近江邊竹	밤이 되어 강변 대숲 가까이 배를 대니
야 래 박 근 강 변 죽	
葉葉寒聲總是愁	잎잎이 내는 쓸쓸한 소리는 모두 시름을 자아내네
엽 엽 한 성 총 시 수	

[註] 瀟湘 : 소상강은 원래 중국 호남성 동정호 상류의 강물이나, 여기서는 편의상 이름만을 빌려쓰고 유사한 지역을 시에서 읊었다.

一帶 : 一衣帶水. 한 줄기 띠 같은 강물.

灑 : ① 뿌릴 쇄 ② 불 쇄 ③ 깨끗할 쇄.

李仁老(1152~1220) : 字는 眉叟이며 號는 雙明齋이다. 문장 글씨에 능하였으며, 明宗 때 登第, 고종 때 秘書監右諫議大夫에 올랐다. 저서에 破閑集, 雙明齋集이 있다.

瀟湘夜雨
소상강에 내리는 밤비

李齊賢

楓葉蘆花水國秋　단풍 들고 갈대 핀 물가 마을에 가을
풍 엽 로 화 수 국 추　오니

一江風雨灑扁舟　한줄기 비바람이 거룻배에 뿌리네
일 강 풍 우 쇄 편 주

驚回楚客三更夢　객지의 나그네가 한밤 꿈에 놀라 깨어나
경 회 초 객 삼 경 몽　서

分與湘妃萬古愁　상비와 만고 시름을 함께 해보네
분 여 상 비 만 고 수

[註] 瀟湘 : 湖南省 洞庭湖 上流에 있는 瀟江과 湘江.

瀟 : 뿌리다, 바람이 불다.　水國 : 湖沼, 河川이 많은 땅.

扁舟 : 작은 배, 거룻배.

楚客 : 楚囚. ① 타국에 사로잡힌 자 ② 타향에서 고향생각이 절실히 나는
사람.

湘妃 : 舜임금의 妃, 娥皇과 女英.

李齊賢(1287~1367) : 字는 仲思이며 號는 櫟翁이다. 1301년 文科에 급
제하여 벼슬이 門下侍中에 이르렀다. 왕명으로 元나라에 가 燕京에
서 姚燧閣, 趙孟頫 등과 交遊하고 학문을 연구하였다. 忠宣王이 토
번에 귀양 갈 때 수행하였다. 諡號는 文忠이다.

征婦怨

남편을 전장에 보낸 아낙의 원망

鄭 夢 周

一別年多消息稀
일 별 년 다 소 식 희

한 번 이별한 후 여러 해건만 소식이 드무니

寒垣存沒有誰知
한 원 존 몰 유 수 지

수자리하는 임의 생사를 아는 이 없소

今朝始寄寒衣去
금 조 시 기 한 의 거

오늘 아침 비로소 겨울옷 지어 보내는데

泣送歸時在腹兒
읍 송 귀 시 재 복 아

울며 보내며 하는 말이 가거든 태중이라 전해 주오

[註] 寒垣 : 수자리하는 곳의 차가운 담장.   寒衣 : 겨울옷.

歸時 : 가거든.

※ 이 詩는 남편을 전장에 보내고 애태워하는 아낙의 심정을 딱하게 여겨 지은 시이다.

登白雲峰

백운봉에 올라

李 成 桂

引手攀蘿上碧峰
인 수 반 라 상 벽 봉

담쟁이덩굴 움켜쥐고 푸른 봉에 오르니

一庵高臥白雲中
일 암 고 와 백 운 중

암자 하나가 흰 구름 속에 높이 자리 하였네

若將眼界爲吾土
약 장 안 계 위 오 토

만일 안계에 들어오는 곳을 모두 내 땅 으로 할 수만 있다면

楚越江南豈不容
초 월 강 남 기 불 용

강남 땅 초나라 월나라인들 수용 못할 게 있으랴

※ 峰과 容은 冬韻目이요, 中은 東目으로 換韻이 되었다.

[註] 攀 : 더위잡고 오를 반, 무엇을 움켜쥐고 기어오름.

蘿 : ① 쑥 라 ② 여라 라. 담쟁이덩굴[蘿蔓].

將 : ① 장차 장 ② 또 장 ③ 가질 장 ④ 갈 장 ⑤ 써 장, 또 장.

李成桂(1335~1408) : 字는 君晉이며 號는 松軒이다. 조선의 제1대 왕. 右軍都統使로서 遼東 정벌을 위해 北進하다가 위화도에서 回軍하여 우왕을 폐하였다. 朝鮮을 세우고 漢陽으로 도읍을 정하여 나라의 기 틀을 다졌다.

閒 居
한가히 살며

吉 再

臨溪茅屋獨閒居
림 계 모 옥 독 한 거

개울가에 초가집 집고 홀로 한가히 사니

月白風淸興有餘
월 백 풍 청 흥 유 여

달이 밝고 바람 맑아 흥취가 넘쳐나네

外客不來山鳥語
외 객 불 래 산 조 어

외객은 오지 않고 산새 소리만 들리는데

移床竹塢臥看書
이 상 죽 오 와 간 서

대나무 둑에 평상을 옮겨가며 누워서 책을 본다

[註] 茅 : 띠 모.   塢 : ① 둑 오 ② 마을 오 ③ 보루 오.

吉再(1353~1419) : 字는 再夫이며 號는 冶隱이다. 고려 말 三隱의 한 사람으로 조선이 개국되자 벼슬길에 나아가지 않고 선산 구미에 은거하였다.

74

訪金居士野居

김거사 은거처를 방문하고서

鄭 道 傳

秋雲漠漠四山空
추 운 막 막 사 산 공

가을하늘 구름은 흩어져 날리는 중 사방 산은 비었는데

落葉無聲滿地紅
락 엽 무 성 만 지 홍

소리 없이 지는 낙엽이 온 땅에 붉게 있네

立馬溪邊問征路
립 마 계 변 문 정 로

시냇가에 말 세우고 가는 길을 물으려니

不知身在畫圖中
부 지 신 재 화 도 중

내 몸이 그림 속에 있는 줄을 미처 알지 못하겠네

[註] 漠漠 : ① 아주 넓어 끝이 없는 모양 ② 펴 늘어놓은 모양 ③ 흩어져 퍼지는 모양 ④ 소리 없는 모양.

征路 : ① 여행길 ② 출정하는 길.

鄭道傳(?~1398) : 字는 宗之이며 號는 三峰이다. 牧隱 李穡의 門人이며 고려 공민왕 때 政堂文學이었고 朝鮮朝 開國功臣이 되어 벼슬이 左相에 올랐다. 王者 芳碩을 옹위하려다 왕자의 난 때 李芳遠에게 誅殺되었다.

鐵原懷古
철원 회고

姜淮伯

山含故國千年恨
산함고국천년한
산은 옛적 태봉국 천년 한을 머금었고

雲抱長空萬里心
운포장공만리심
구름은 먼 하늘 만리의 뜻을 품었네

自古興亡皆有致
자고흥망개유치
자고로 흥망에는 모두 이치가 있는 것

原因前轍戒來今
원인전철계래금
원인된 전철을 살펴 이제를 경계해야 하리

[註] 淮 : 물이름 회.   故國 : 태봉국.

前轍 : 앞 수레의 지나간 자취, 이전 사람이 그르친 전례.

來 : 무의미 조사.

姜淮伯(생몰미상) : 고려 恭愍王에서 朝鮮 太宗 때까지 생존하였다. 字는
伯父이며 號는 通亭이다. 朝鮮 太祖 때 東北面 巡問使를 지냈다.

北征陣中吟
북정 진중에서 읊음

申叔舟

虜中霜落塞垣寒
로 중 상 락 새 원 한

오랑캐 땅 서리 내려 성새도 차가운데

鐵騎縱橫百里間
철 기 종 횡 백 리 간

철기는 백리지간을 종횡으로 달리누나

夜戰未休天欲曉
야 전 미 휴 천 욕 효

야전이 끝나기 전 새벽이 오려는가

臥看星斗正闌干
와 간 성 두 정 란 간

드러누워 난간 사이로 북두성을 바라
본다

[註] 虜 : ① 오랑캐 로 ② 포로 로 ③ 사로잡을 로.

　　塞 : ① 변방 새 ② 요새 새 ③ 보루 새.　塞垣 : 요새의 담장.

　　鐵騎 : 중무장한 기병.　休 : ① 쉴 휴, 그칠 휴 ② 아름다울 휴.

　　星斗 : 별.

申叔舟(1417~1475) : 字는 泛翁이며 號는 保閑齋 또는 希賢堂이다. 高靈
　　사람으로 世宗부터 成宗까지 六朝歷仕한 경륜 있는 文臣 學者이다.
　　訓民正音 創製에 기여하고 居官 34년 동안 內治, 國防, 外交에 혁혁
　　한 공헌을 하였다. 領相에 이르렀고 諡號는 文忠이다.

上霽雲樓
제운루에 올라

申 叔 舟

天極頭流倚半空
천 극 두 류 의 반 공

지리산이 하늘에 닿을 듯 반공중에 솟아 있고

湖南一望彩雲中
호 남 일 망 채 운 중

구름 속에 호남 일대를 바라볼 수 있네

試登樓上憑軒看
시 등 루 상 빙 헌 간

시험 삼아 누에 올라 난간에 의지해 보니

千古蒼顔面面同
천 고 창 안 면 면 동

봉우리마다 천고의 푸른빛을 띠고 있네

[註] 霽雲樓 : 지리산 위 어딘가에 있었을 누각이나 현재는 소재 불명.
天極 : 하늘 끝.   頭流 : 智異山.   蒼顔 : 푸른 모습을 함.

宿山寺
산사에서 묵다

申 光 漢

少年常愛山家靜
소 년 상 애 산 가 정

소년시절 산가의 조용함을 사랑하여

多在禪窓讀古經
다 재 선 창 독 고 경

절방에서 옛 경전을 많이 읽었네

白首偶然重到此
백 수 우 연 중 도 차

백수되어 우연히 이곳을 거듭 찾으니

佛前依舊一燈靑
불 전 의 구 일 등 청

부처님 앞에는 등불 하나 여전하네

[註] 禪窓 : 절 방의 창.

申光漢(1484~1555) : 字는 漢之이며 號는 企齋이다. 詩文에 능하였으며 中宗 5년 文科及第하였다. 己卯士禍 때 趙光祖 일파로 몰려 여주에 유배된 후, 中宗朝에 大提學, 刑曹判書를 역임하였다. 諡號는 文簡公이다.

醉後梨花亭
취한 뒤의 이화정

申 潛

此地來遊三十年
차 지 래 유 삼 십 년

이곳에 노닐던 게 삼십년 전인데

偶尋陳跡摠傷神
우 심 진 적 총 상 신

우연히 지난 자취 찾으니 모든 게 마음 상하게 하네

庭前只有梨花樹
정 전 지 유 리 화 수

뜰 앞에는 다만 배나무만 있을 뿐

不見當時歌舞人
불 견 당 시 가 무 인

그 당시 가무하던 이들은 볼 수가 없네

[註] 陳跡 : 묵은 자취, 지난날의 흔적.   傷神 : 마음을 상하게 함.

申潛(1491~1554) : 字는 元亮이며 號는 靈川子이다. 成宗, 中宗, 明宗代의 文臣. 中宗 癸酉에 進士壯元하고 己卯에 文科하여 檢閱이 되었다. 詩書畵 三絶로 己卯士禍에 趙光祖 일파로 몰려 長興에 17년 流配 後 泰仁縣監, 尙州牧使를 역임하였다. 文集에 冠山錄이 있다.

白牌亡失
백패조차 잃어버리고

申 潛

紅牌已收白牌失
홍 패 이 수 백 패 실

홍패는 이미 몰수되고 백패마저 도둑맞았으니

翰林進士摠虛名
한 림 진 사 총 허 명

한림이고 진사고 모두 헛된 이름일 뿐이다

從此峨嵯山下住
종 차 아 차 산 하 주

이로부터 아차산 밑에 살매

山人二字孰能爭
산 인 이 자 숙 능 쟁

산인이라는 두 글자를 뉘 능히 다툴가

[註] 紅牌 : 조선시대 文科의 會試에 급제한 사람에게 성명, 성적, 등급 등을 기록하여 주던 붉은 종이의 증서.

白牌 : 小科에 급제한 生員 進士에게 주던 흰 종이의 증서.

峨嵯山 : 동대문구 중랑구와 구리시 사이에 있는 316m 높이의 산.

※ 이 시는 己卯士禍에 연루, 罷榜이 되고 紅牌가 沒收되고 杖刑 後에 長興으로 流配되어 17년간 謫居하다가 楊州로 옮겨져 峨嵯山 밑에 움막을 치고 살던 중 白牌마저 도둑맞은 후 지었다.

北 征

북정

南 怡

白頭山石磨刀盡
백 두 산 석 마 도 진

백두산의 돌은 칼을 갈아 다하게 하고

豆滿江波飮馬無
두 만 강 파 음 마 무

두만강 물은 말을 먹여 없애리

男兒二十未平國
남 아 이 십 미 평 국

사나이 이십에 나라를 평정치 못하면

後世誰稱大丈夫
후 세 수 칭 대 장 부

후세에 누가 대장부라 일컫겠는가

南怡(1441~1468) : 朝鮮 世祖 때의 武臣. 太宗의 外孫으로 本貫은 宜寧
이다. 弱冠이 못 되어 武科壯元하였고 李施愛의 난을 평정하고 野人
을 정벌하여 28세 나이에 兵曹判書에 올랐다. 1468년 예종 즉위 후
그를 질투하던 유자광의 무고로 억울하게 참형을 당해 죽었다.

落花巖

낙화암

洪 春 卿

國破山河異昔時
국 파 산 하 이 석 시

獨留江月幾盈虧
독 류 강 월 기 영 휴

落花巖畔花猶在
락 화 암 반 화 유 재

風雨當年不盡吹
풍 우 당 년 부 진 취

나라가 망하여 산하는 예전 같지 않은데

강상의 달만이 홀로 남아 몇 번이나 차
고 이지러졌나

낙화암 가에는 아직도 꽃이 남아 있으니

그 당시 풍우가 다 불지를 못했단 말인
가

[註] 盈 : 찰 영.   虧 : 이지러질 휴.

洪春卿(생몰미상) : 字는 仁仲이며 號는 石壁이다. 中宗 때 湖堂에 뽑히
고 벼슬이 監司에 이르렀다.

春 日
봄날

徐 居 正

金入垂楊玉謝梅
금 입 수 양 옥 사 매

꾀꼬리는 버들 숲으로 날아들고 매화꽃은 시드는데

小池春水碧於苔
소 지 춘 수 벽 어 태

조그만 못 봄물이 이끼보다 푸르다

春愁春興誰深淺
춘 수 춘 흥 수 심 천

봄의 시름과 흥취 어느 것이 깊고 얕은가

燕子雙來花滿開
연 자 쌍 래 화 만 개

제비는 쌍으로 오고 꽃은 만개하는데

[註] 金 : 꾀꼬리.   玉 : 흰 매화꽃.   謝 : 시들어 떨어지다.

徐居正(1420~1488) : 字는 剛中이며 號는 四佳亭이다. 예종 때 大提學, 成宗 때 左贊成에 이르렀다. 詩文에 능하여 東文選, 東國通鑑, 高麗史節要, 新撰東國輿地勝覽 등을 찬술하였다.

義 州
의주

李　滉

龍淵雲氣晚凄凄
룡 연 운 기 만 처 처

용연의 운기는 느지막이 피어오르고

鶻岫磨空白日低
골 수 마 공 백 일 저

골수봉은 하늘에 닿아 대낮 해가 낮게 보이네

坐待山城門欲閉
좌 대 산 성 문 욕 폐

앉아서 산성 문이 닫히기를 기다리는데

角聲吹到大江西
각 성 취 도 대 강 서

고각 소리 강 건너에서 들려오네

[註] 龍淵 : 지명일 듯싶으나 所在未詳이다.

凄凄 : ① 써늘한 모양, 쌀쌀한 모양　② 쓸쓸한 모양　③ 구름이 이는 모양.

鶻岫 : 지명일 듯싶으나 所在未詳이다.　　角聲 : 고각 소리.

除 夜
섣달 그믐밤

尹 集

半壁殘燈照不眠
반 벽 잔 등 조 불 면

벽상에 걸린 잔등이 비쳐 잠을 못 이루는데

夜深虛館思悽然
야 심 허 관 사 처 연

밤이 깊은 빈 객관에서 생각이 처량하다

萱堂定省今安否
훤 당 정 성 금 안 부

어머님께 혼정신성을 못하는 지금 안부는 어떠하신지

鶴髮明朝又一年
학 발 명 조 우 일 년

날이 밝으면 학발 자친께서 또 한 해를 맞으시겠지

[註] 殘燈 : 꺼져 가는 등잔불. 萱堂 : 어머니의 애칭.

定省 : 昏定晨省. 아침저녁으로 이부자리를 살펴드리는 것.

鶴髮 : 노인의 백발.

尹集(생몰미상) : 字는 成伯이며 號는 林溪이다. 仁祖 때 吏曹正郎이었으며 三學士의 한 사람으로 瀋陽에 押送된 후 청태종의 회유에도 굴하지 않고 절조를 지키어 참혹한 최후를 맞았다. 南漢山城 顯節祠에 위패가 봉안되어 있다.

甓寺暮歸
저물녘 벽절에서 돌아가다

申 光 洙

蒼檜東臺一鳥飛
창 회 동 대 일 조 비
푸른 노송 동대에는 한 마리 새가 날고

驪州隔水冷煙微
려 주 격 수 랭 연 미
물 건너 여주에는 차가운 연무 희미하다

籃輿獨望龍門雪
람 여 독 망 룡 문 설
남여 속에 홀로 용문산 눈을 바라보며

十里江邊薄暮歸
십 리 강 변 박 모 귀
십리 강변을 박모 속에 돌아온다

[註] 甓寺 : 驪州 神勒寺로 경내에 甓塔이 있어 벽절이라 불리며, 麗末 高僧
懶翁和尙이 이곳에서 駐錫하였다.

甓 : 벽돌 벽.   東臺 : 神勒寺가 있는 강 건너 동안을 말함.

籃輿 : 대를 엮어 만든 가마.   薄暮 : 땅거미, 황혼.

東湖春水
동호의 봄물

鄭 樵 夫

東湖春水碧於藍
동 호 춘 수 벽 어 람

동호의 봄물은 남빛보다도 더 푸른데

白鳥分明見兩三
백 조 분 명 견 량 삼

흰 새 두세 마리 분명히 보이더니

榆櫓一聲飛去盡
유 로 일 성 비 거 진

노 젓는 한 소리에 모두 날아가 버리고

夕陽山色滿空潭
석 양 산 색 만 공 담

저물녘 산빛만이 빈 못에 가득하네

鄭樵夫(생몰미상) : 朝鮮 後期 廣州郡 南終面에 살았던 咸陽呂氏 家의 奴僕. 평생에 지은 詩가 二百餘首이다.

無 題
제목 없이

金 炳 淵

四脚松盤粥一器
사 각 송 반 죽 일 기

네 다리 소반에 멀건 죽 한 그릇

天光雲影共徘徊
천 광 운 영 공 배 회

하늘빛과 구름 그림자가 함께 떠도네

主人莫道無顏色
주 인 막 도 무 안 색

주인이여 면목 없다 말하지 마오

吾愛靑山倒水來
오 애 청 산 도 수 래

나는 청산이 물에 비치는 것을 사랑한
다오

[註] 莫道 : 말하지 말라.　來 : 무의미 조사.

倒水 : 물에 거꾸로 비치다.

雪
눈

金 炳 淵

天皇崩乎人皇崩
천 황 붕 호 인 황 붕

천황이 붕어하셨나 인황이 붕어하셨나

萬樹靑山皆被服
만 수 청 산 개 피 복

모든 나무 청산이 다 복을 입었네

明日若使陽來吊
명 일 약 사 양 래 조

밝는 날에 태양이 와서 조문하게 되면

家家簷前淚滴滴
가 가 첨 전 루 적 적

집집마다 처마 앞에 눈물이 방울지리

[註] 崩 : 무너질 붕. 天子가 죽다.

滴滴 : 물방울이 계속하여 떨어지는 모양.

雪 景
눈 온 뒤의 경치

金 炳 淵

飛來片片三春蝶
비 래 편 편 삼 춘 접

조각조각 날리는 눈은 삼춘의 나비요

踏去聲聲六月蛙
답 거 성 성 륙 월 와

밟고 가노라니 소리마다 유월의 개구리네

寒將不往多言雪
한 장 불 왕 다 언 설

추워서 가지 못한다고 눈 이야기를 많이 하고

醉或以留更進盃
취 혹 이 류 갱 진 배

취하면 혹 머무를가 다시 술을 내온다

泛舟醉吟
배를 타고 취해 읊다

金 炳 淵

江非赤壁泛舟客
강 비 적 벽 범 주 객

강은 적벽강이 아니건만 배 띄우는 나그네 있고

地近新豊沽酒人
지 근 신 풍 고 주 인

땅은 신풍에 가까운지 술 사는 사람 있네

今世英雄錢項羽
금 세 영 웅 전 항 우

지금 세상에 영웅이라면 돈이 항우요

當時辯士酒蘇秦
당 시 변 사 주 소 진

그 당시 변사로 치면 술이 소진이지

[註] 赤壁 : 蘇東坡가 赤壁賦를 읊던 赤壁江.

新豊 : 長安 근방 술의 名産地.　蘇秦 : 戰國시대의 策士이자 辯士.

92

開城人逐客
개성 사람들의 축객

金 炳 淵

邑號開城何閉門
읍 호 개 성 하 폐 문

고을 이름이 개성이면서 어찌하여 문을 닫으며

山名松嶽豈無薪
산 명 송 악 기 무 신

산 이름이 송악인데 어찌 땔나무가 없다 하는가

黃昏逐客非人事
황 혼 축 객 비 인 사

황혼에 나그네 쫓는 것이 인사가 아니니

禮儀東方子獨秦
례 의 동 방 자 독 진

동방예의지국에 너 혼자 진나라 사람이 더냐

93

二十樹下
스무나무 아래

金 炳 淵

二十樹下三十客　스무나무 아래 낯선 손이
이 십 수 하 삼 십 객

四十家中五十食　마흔 집 중 쉰 밥이나 얻어먹는다
사 십 가 중 오 십 식

人間豈有七十事　인간에 어찌 이런 일이 있으랴
인 간 기 유 칠 십 사

不如歸家三十食　집에 돌아가서 선밥 먹느니만 못하겠다
불 여 귀 가 삼 십 식

野 店
들 주막

金 炳 淵

千里行裝付一柯
천 리 행 장 부 일 가

천리길 행장을 지팡이 하나에 맡기고

餘錢七葉尙云多
여 전 칠 엽 상 운 다

남은 돈 일곱 냥이 오히려 많다 하네

囊中戒爾深深在
낭 중 계 이 심 심 재

주머니 속에 너를 경계해서 깊이깊이
있으라 했더니

野店斜陽見酒何
야 점 사 양 견 주 하

들 주막 석양 무렵 술 본데 어찌하랴

95

踰大關嶺望親庭

대관령을 넘으며 친정을 바라보다

申師任堂

慈親鶴髮在臨瀛
자 친 학 발 재 림 영

늙으신 어머니 강릉에 두고

身向長安獨去情
신 향 장 안 독 거 정

몸은 장안을 향해 홀로 가는 마음

回首北坪時一望
회 수 북 평 시 일 망

머리 돌려 북평 땅을 잠시 바라보노라니

白雲飛下暮山青
백 운 비 하 모 산 청

흰 구름 나는 아래 저물녘 산이 푸르기만 하네

[註] 臨瀛 : 江陵의 古號.　　北坪 : 대관령에서 바라볼 때 동북쪽 들판.

申師任堂(1504~1551) : 宣祖 때의 江陵進士 申命和의 딸로, 朝鮮 中期 大儒學者 栗谷 李珥의 母親이다. 어려서부터 安堅의 그림을 배워 산수화, 포도, 초충도에 빼어났고, 글씨에도 능하였으며 經史에도 밝았다. 詩書畵 三絶로 婦德을 고루 갖추었으며 賢母良妻의 전형으로 德水李氏 李元秀에게 출가하였다.

閨 怨
규방의 원망

月樓秋盡玉屛空
월 루 추 진 옥 병 공

달 밝던 누각에 가을도 다 가고 옥병 친 규방이 텅 빈 채로

霜打蘆洲下暮鴻
상 타 로 주 하 모 홍

갈대 물가 서리치고 저물녘 기러기 내린다

瑤琴一彈人不見
요 금 일 탄 인 불 견

좋은 거문고 한 번 타나 보아주는 이도 없이

藕花零落野塘中
우 화 령 락 야 당 중

연꽃만 들 연못에 떨어지도다

[註] 玉屛空 : 아름다운 병풍을 쳐놓은 방이 텅 비었음.

夢
꿈

李　媛

近來安否問如何
근 래 안 부 문 여 하

근래 안부가 어떠하신지 묻나이다

月到紗窓妾恨多
월 도 사 창 첩 한 다

달빛이 사창에 이르면 첩의 한은 많습니다

若使夢中行有跡
약 사 몽 중 행 유 적

만약 꿈속에서 오가는 자취가 남아 있다면

門前石路變成沙
문 전 석 로 변 성 사

문 앞의 자갈길이 모래로 변했을 거외다

[註] 紗窓 : 깁을 바른 창.

98

憶 昔
옛날을 생각하며

李 梅 窓

謫下當時壬癸春	임진 계사년 봄 왜적을 치러 가시던 때를 생각하네
적 하 당 시 임 계 춘	
此生愁恨與誰伸	이 생명 시름과 한을 누구와 더불어 펴보리
차 생 수 한 여 수 신	
瑤琴獨彈孤鸞曲	요금으로 홀로 짝 잃은 난새의 곡을 타고
요 금 독 탄 고 란 곡	
悵望三淸憶玉人	실심한 채 삼청을 바라보며 옥인을 생각하네
창 망 삼 청 억 옥 인	

[註] 謫 : 꾸짖을 적, 죄 줄 적.

壬癸春 : 壬辰倭亂이 한창이던 壬辰 癸巳年 봄.

孤鸞曲 : 짝 잃은 난새의 울음소리.

三淸 : 道敎에서 神仙이 산다고 하는 玉淸, 上淸, 太淸을 말함.

玉人 : 옥과 같이 아름다운 사람.

李梅窓(1573~1610) : 전라도 扶安의 衙前 李湯從의 딸로, 漢詩와 音律에 능하여 그 명성이 서울에까지도 울렸다. 연인이었던 劉希慶이 義兵次 떠난 후, 蛟山 許筠을 비롯한 많은 명사와 交遊가 있었다.

秋 思
가을날의 생각

薛 玄

洞天如水月如霜
동 천 여 수 월 여 상

고을 하늘은 물같이 푸르고 달빛은 서리 같은데

樹葉蕭蕭夜有凉
수 엽 소 소 야 유 량

나뭇잎 쓸쓸히 지는 밤은 청량하다

十二緗簾人獨宿
십 이 상 렴 인 독 숙

십이상렴 속 사람은 홀로 잠을 자고

玉屏還羨畵鴛鴦
옥 병 환 선 화 원 앙

옥병 안에서 도리어 그림 속 원앙을 부러워하네

[註] 洞天 : ① 신선이 사는 곳 ② 고을 안 하늘 ③ 하늘과 통함.

蕭蕭 : ① 나뭇잎이 떨어지는 소리 ② 바람이 부는 소리 ③ 쓸쓸한 모양.

緗 : 담황색 상, 엷은 황색, 연노랑.

薛玄(생몰미상) : 號가 翠竹으로 權氏家의 女婢.

100

訪石田故居
석전 옛집을 찾아

薛 玄

十年曾伴石田莊
십년증반석전장

일찍이 십년 전엔 짝해 살던 석전장인데

楊子江頭醉幾留
양자강두취기류

버드나무 강가에 몇 번이나 취해 머물렀던가

今日獨尋人去後
금일독심인거후

사람 떠난 뒤 오늘은 홀로 찾으니

白蘋紅蓼滿汀秋
백빈홍료만정추

백빈과 홍료만이 가을 물가에 가득하네

[註] 楊子 : 버드나무.

白蘋紅蓼 : 흰 꽃이 피는 마름과 붉은 꽃이 피는 여뀌.

七言律詩
칠언율시

登潤州慈和寺
윤주 자화사에 올라

崔 致 遠

登臨暫隔路歧塵
등 림 잠 격 로 기 진

높은 곳에 오르니 길거리의 먼지로부터도 멀어지는데

吟想興亡恨益新
음 상 흥 망 한 익 신

흥망을 생각노라니 한이 더욱 새롭네

畵角聲中朝暮浪
화 각 성 중 조 모 랑

화각 소리 나는 가운데 아침저녁 물결이 일고

靑山影裏古今人
청 산 영 리 고 금 인

청산 그늘 속에 예나 이제나 사람 있네

霜摧玉樹花無主
상 최 옥 수 화 무 주

서리 내려 옥수가 꺾이니 꽃이 필 곳이 없는데

風暖金陵草自春
풍 난 금 릉 초 자 춘

바람 따뜻한 금릉에는 풀이 봄을 만났네

賴有謝家餘慶在
뢰 유 사 가 여 경 재

사씨가 여경에 힘입어

長敎詩客爽精神
장 교 시 객 상 정 신

길이 시객으로 하여금 정신이 상쾌하게 되네

[註] 潤州慈和寺：江蘇省 鎭江市에 있다.　畵角：아름답게 장식한 뿔피리.
玉樹：아름다운 나무.　花無主：꽃이 주인 삼을 데가 없다.
餘慶：積善의 보답으로 받게 되는 경사.

觀瀾寺樓
관란사루

金富軾

六月人間暑氣融
륙 월 인 간 서 기 융

유월 인간은 더위로 녹아나는데

江樓終日足淸風
강 루 종 일 족 청 풍

강루에는 하루 종일 맑은 바람이 족하다

山容水色無今古
산 용 수 색 무 금 고

산의 모습과 물빛은 예나 이제나 다름이 없는데

俗態人情有異同
속 태 인 정 유 이 동

세속의 행태와 사람의 마음은 다름이 있네

舴艋獨行明鏡裏
책 맹 독 행 명 경 리

거룻배는 맑은 물속을 홀로 가고

鷺鶿雙去畵圖中
로 자 쌍 거 화 도 중

백로 두어 마리 그림 속을 날아간다

堪嗟世事如啣勒
감 차 세 사 여 함 륵

자갈과 굴레 같은 세상 일 한탄스런데

不免衰遲一禿翁
불 면 쇠 지 일 독 옹

늙음을 면치 못하는 대머리 늙은이

[註] 異同 : 다름, 同은 무의미 조사.   舴艋 : 거룻배.   鷺鶿 : 백로.
啣 : =銜. 자갈 함, 물 함.   衰遲 : 노쇠하여 몸이 둔함.
禿 : 대머리 독.

106

讀 書
글을 읽음

徐 敬 德

讀書當日志經綸
독 서 당 일 지 경 륜

젊어 독서할 때는 천하 경영에 뜻을 두었더니

歲暮還甘顔氏貧
세 모 환 감 안 씨 빈

나이 들어 갈수록 도리어 안자처럼 빈한이 달가워진다

富貴有爭難下手
부 귀 유 쟁 난 하 수

부귀는 다툼이 있어 손대기도 어렵고

林泉無禁可安身
림 천 무 금 가 안 신

자연만은 금하는 이 없어 몸을 편히 할 수 있네

採山釣水堪充腹
채 산 조 수 감 충 복

나물 뜯고 낚시하여 배를 채울 수 있고

咏月吟風足暢神
영 월 음 풍 족 창 신

달과 바람을 읊으니 정신이 화창해지네

學到不疑知快活
학 도 불 의 지 쾌 활

학문이 의문이 없을 지경에 이르러 쾌활함을 알겠고

免敎虛作百年人
면 교 허 작 백 년 인

백년 인생으로 하여금 헛되이 보냄을 면케 되었네

[註] 經綸 : 천하를 다스림.　歲暮 : ① 세밑　② 늘그막.

林泉 : ① 숲과 샘이 있는 곳　② 은둔하기 좋은 곳.

無禁 : 取之無禁 用之不渴.　暢 : ① 통할 창　② 화창할 창.

不疑 : 의문나는 점이 해소됨.

徐敬德(1489~1546) : 朝鮮 明宗代의 學者. 字는 可久이며 號는 花潭이다. 개성에서 은거한 성리학자로 諡號는 文康이다.

求退有感
퇴관을 구하는 뜻

李 珥

行藏有命豈由人
행 장 유 명 기 유 인

벼슬길에 나아가고 물러감이 명에 있는 것이지 어찌 사람에게 달렸을가만

素志曾非在潔身
소 지 증 비 재 결 신

평소의 뜻은 몸만을 깨끗이 갖는 데 있지 아니했네

閶闔三章辭聖主
창 합 삼 장 사 성 주

대궐문에 삼장의 표를 올려 성주께 사직을 구하고

江湖一葦載孤臣
강 호 일 위 재 고 신

강호에 나가 배 한 척에 고신의 몸을 실으리라

疎才只合耕南畝
소 재 지 합 경 남 묘

부실한 재주는 다만 남쪽 밭이나 갈기에 적합한데

清夢徒然繞北宸
청 몽 도 연 요 북 신

맑은 꿈은 헛되이 북쪽 대궐 가를 맴돌았네

茅屋石田還舊業
모 옥 석 전 환 구 업

띠집과 석전이 있는 구업으로 돌아가더라도

半生心事不憂貧
반 생 심 사 불 우 빈

여생의 생각이 가난함을 걱정하지 아니하네

[註] 行藏 : 進退 즉, 세상에 나가서 道에 맞는 일을 행함과 물러가 숨음.

閶闔 : 대궐문, 궁문.

繞 : ① 얽힐 요 ② 두를 요, 돌 요 ③ 둘러쌀 요.

北宸 : 북쪽 대궐. 宸 : 대궐 신.

白馬江

백마강

百年文物摠成邱
백 년 문 물 총 성 구
백제의 수백년 문물이 모두 무덤을 이루었는데

歌舞烟沈杜宇愁
가 무 연 침 두 우 수
노래도 춤도 연무 속에 잠기고 두견이 소리만 시름겹네

投馬有臺雲寂寂
투 마 유 대 운 적 적
말을 던지던 조룡대는 그대로인데 구름만 적적하고

落花無跡水悠悠
락 화 무 적 수 유 유
낙화는 흔적도 없이 강물만 유유히 흘러간다

孤帆白髮傷時淚
고 범 백 발 상 시 루
외로운 배 위 늙은이는 시국을 슬퍼해 눈물 흘리고

一笛青山故國秋
일 적 청 산 고 국 추
피리 소리 들리는 청산은 고국이 가을임을 알리네

欲弔忠魂何處是
욕 조 충 혼 하 처 시
충혼에게 조상하려 하나 어느 곳이 이곳인가

令人長憶五湖舟
령 인 장 억 오 호 주
사람으로 하여금 길이 오호주 범려를 기억케 하네

[註] 文物 : 문화에 관한 사물, 예악, 제도 등.   成邱 : 무덤을 이루다.

投馬有臺 : 唐將 소정방이 말고기를 미끼로 용을 낚았다는 釣龍臺가 있음.

落花無跡 : 떨어진 꽃 삼천 궁녀가 자취 없음.   傷時 : 시국을 슬퍼함.

五湖舟 : 戰國時代 越나라 范蠡가 吳나라를 토벌한 뒤, 부귀를 버리고 가족을 이끌고 五湖에 배를 띄워 떠나갔다는 故事.

滿月臺
만월대

申光洙

今古傷心滿月臺
금 고 상 심 만 월 대

예나 이제나 만월대는 상심케 하는 곳

離宮處處石生苔
리 궁 처 처 석 생 태

궁궐 떠난 자리마다 돌에는 이끼가 돋아나고

何年玉陛千官走
하 년 옥 폐 천 관 주

옥폐에 많은 벼슬아치 달리던 때가 언제이던가

落日靑驢一客來
락 일 청 려 일 객 래

해는 지는데 나귀 탄 나그네 이르렀네

山鳥豈因前代哭
산 조 기 인 전 대 곡

산새는 어찌 전대의 일로 울까마는

樵歌自以故都哀
초 가 자 이 고 도 애

초부의 노랫소리는 절로 옛 도읍을 슬퍼하누나

三韓世族皆王士
삼 한 세 족 개 왕 사

삼한 땅 세족은 모두가 고려의 신하였거늘

此地人情黯未裁
차 지 인 정 암 미 재

이 땅에 인정은 암담하여 헤아릴 길 없어라

[註] 滿月臺 : 개성 북쪽 松嶽山 남쪽 기슭에 있는 고려 450년간의 왕궁 터. 비스듬한 산자락이다.

離宮 : 궁궐이 떠나다, 건물이 없어지다.　黯 : 어두울 암.

110

宿農家
농가에서 자다

金 炳 淵

終日緣溪不見人
종 일 연 계 불 견 인

종일토록 시내 끼고 가도 사람구경 못하겠더니

幸尋斗屋暮江濱
행 심 두 옥 모 강 빈

다행히도 두옥을 저물녘 강가에서 찾았다

門塗女蝸元年紙
문 도 녀 와 원 년 지

문은 여와씨 원년에 만든 종이로 발랐고

房掃天皇甲子塵
방 소 천 황 갑 자 진

방은 천황씨 갑자년에 먼지를 쓸었더라

光黑器皿虞陶出
광 흑 기 명 우 도 출

때가 끼어 빛이 검은 그릇은 순임금 때 도요지에서 나온 것이요

色紅麥飯漢倉陳
색 홍 맥 반 한 창 진

빛이 붉은 보리밥은 한나라 창고의 묵은 곡식이더라

平明謝主登前途
평 명 사 주 등 전 도

날이 밝아 주인에게 감사하고 길을 나섰으나

若思經宵口味辛
약 사 경 소 구 미 신

지난밤 겪은 일 생각하면 입맛이 쓰더라

[註] 斗屋 : 오두막집.　女蝸 : 중국 고대의 神女 이름.　天皇 : 皇帝, 天子.
虞陶 : 舜임금 때의 도요지.　陳 : 묵은 곡식.

登百祥樓
백상루에 올라

金 炳 淵

清川江上百祥樓
청 천 강 상 백 상 루

청천강 위 백상루

萬景森羅未易收
만 경 삼 라 미 이 수

벌여 있는 만경을 쉬 거둘 수 없네

錦屛影裏飛孤鶩
금 병 영 리 비 고 목

비단 병풍 그림자 속에 외로운 오리가 날고

玉鏡光中點小舟
옥 경 광 중 점 소 주

옥경 같은 수광 중에 작은 배 떠있네

草偃長堤靑一面
초 언 장 제 청 일 면

풀이 누운 장둑은 푸른 일면을 드러내고

天低列峀碧千頭
천 저 렬 수 벽 천 두

하늘 밑 열립한 봉우리들 머리마다 파랗다

不信人間仙境在
불 신 인 간 선 경 재

인간 세계에 선경 있음을 믿지 않았더니

密城今日見瀛洲
밀 성 금 일 견 영 주

밀성에 와서야 오늘 영주 있음을 보노라

[註] 百祥樓 : 關西八景의 하나로 安州 청천강변에 위치한 名勝이다.
鶩 : 집오리 목.　玉鏡 : 거울같이 맑은 강물.　密城 : 安州의 古名.
瀛洲 : 신선이 산다는 삼신산의 하나.

自 嘆

스스로 탄식함

金 炳 淵

嗟乎天地間男兒
차 호 천 지 간 남 아
슬프도다 천지간에 사나이로 태어나

知我平生者有誰
지 아 평 생 자 유 수
내 평생을 아는 이 누가 있을가

萍水三千里浪跡
평 수 삼 천 리 랑 적
부평초같이 떠돈 삼천리에 방랑의 자취만 있고

琴書四十年虛詞
금 서 사 십 년 허 사
금서로 보낸 사십년 세월 허무한 말만 남겼네

靑雲難力致非願
청 운 난 력 치 비 원
청운몽은 이루기 어려워 원하지도 않았고

白髮惟公道不悲
백 발 유 공 도 불 비
백발이 됨은 공도이니 슬퍼하지도 않네

驚罷還鄕夢起坐
경 파 환 향 몽 기 좌
고향 가는 꿈에서 깨어 일어나 앉으니

三更越鳥聲南枝
삼 경 월 조 성 남 지
한밤중 두견이만 남쪽 가지에서 우는구나

[註] 萍水 : 물 위를 떠다니는 부평초.　浪跡 : 방랑의 자취.

笠僧共吟 其一
김립과 스님의 공음

笠·僧

朝登立石雲生足 [僧]
조 등 립 석 운 생 족

아침에 입석봉에 오르니 구름이 발밑에서 일어나고

暮飮黃泉月掛唇 [笠]
모 음 황 천 월 괘 순

저녁에 황천강 물을 마시니 달이 입술에 걸리네

澗松南臥知風北 [僧]
간 송 남 와 지 풍 북

냇가의 솔이 남으로 누우매 북풍이 부는 줄 알겠고

軒竹東傾覺日西 [笠]
헌 죽 동 경 각 일 서

난간 가의 대가 동으로 기우니 해가 서쪽으로 지는 것 알겠네

絶壁雖危花笑立 [僧]
절 벽 수 위 화 소 립

절벽이 비록 위태로우나 꽃은 웃으며 서있고

陽春最好鳥啼歸 [笠]
양 춘 최 호 조 제 귀

양춘이 가장 좋은 때여도 새는 울며 돌아가도다

天上白雲明日雨 [僧]
천 상 백 운 명 일 우

천상의 흰 구름은 내일이면 비가 될 터이요

岩間紅葉去年秋 [笠]
암 간 홍 엽 거 년 추

바위틈의 붉은 잎은 지난 가을의 흔적일러라

笠僧共吟 其二
김립과 스님의 공음

笠·僧

影侵綠水衣無濕 [僧]
영 침 록 수 의 무 습

> 그림자가 녹수에 잠겨도 옷은 젖지를 않고

夢踏靑山脚不勞 [笠]
몽 답 청 산 각 불 로

> 꿈속에 청산을 걸어도 다리는 피로하지 않다

靑山買得雲空得 [僧]
청 산 매 득 운 공 득

> 청산을 사서 얻으니 구름은 공짜로 오고

白水臨來魚自來 [笠]
백 수 림 래 어 자 래

> 백수가 다가오니 고기는 저절로 오더라

雲從樵叟頭上起 [僧]
운 종 초 수 두 상 기

> 구름은 나무하는 늙은이 좇아 머리 위에서 일어나고

山入漂娥手裡鳴 [笠]
산 입 표 아 수 리 명

> 산은 빨래하는 아낙의 손안에 들어와 울리더라

月白雪白天地白 [僧]
월 백 설 백 천 지 백

> 달빛도 희고 눈도 희니 천지가 모두 하얗네

山深夜深客愁深 [笠]
산 심 야 심 객 수 심

> 산도 깊고 밤도 깊은데 나그네 수심마저 깊네

※ 금강산 立石峰 아래 암자에 시에 능한 詩僧이 있어 김립이 그를 만나 詩才를 겨루었다. 내용상으로 보아 金笠이 판정승쯤 한 것 같다.

思 親
어버이 생각

申師任堂

千里家山萬疊峰
천 리 가 산 만 첩 봉

천리 밖 고향 산은 봉우리가 만겹인데

歸心長在夢魂中
귀 심 장 재 몽 혼 중

돌아가고픈 마음 언제나 꿈속에 있어라

寒松亭畔孤輪月
한 송 정 반 고 륜 월

한송정 가에는 외로운 달이 뜨고

鏡浦臺前一陣風
경 포 대 전 일 진 풍

경포대 앞에는 한바탕 바람이 불 터이지

沙上白鷗恒聚散
사 상 백 구 항 취 산

모래톱에 갈매기는 언제나 모였다 흩어
지고

波頭漁艇各西東
파 두 어 정 각 서 동

파도머리 고깃배는 각기 동서로 내달리
지

何時重踏臨瀛路
하 시 중 답 림 영 로

어느 때나 임영길 거듭 밟아서

綵服斑衣膝下縫
채 복 반 의 슬 하 봉

때때옷 입고 부모님 슬하에서 바느질할
거나

[註] 家山 : 고향에 있는 산, 고향.　夢魂 : 꿈속의 넋, 꿈.
　　　臨瀛 : 江陵의 古號.

116

春日有懷

봄날의 회포

許蘭雪軒

章臺迢遞斷腸人
장 대 초 체 단 장 인

임이 있는 번화한 장안으로 마음이 오가며 간장이 끊어지는 여인이

雙鯉傳書漢水濱
쌍 리 전 서 한 수 빈

한수 나룻가에서 쌍리 속에 편지를 보낸다

黃鳥曉啼愁裏雨
황 조 효 체 수 리 우

꾀꼬리 우는 새벽 시름 속에 비는 내리고

綠楊晴裊望中春
록 양 청 뇨 망 중 춘

버들가지 날리는 개인 날 바라보는 중 봄이 간다

瑤階寂歷生靑草
요 계 적 력 생 청 초

적적한 요계에 파란 풀이 돋아나는데

寶瑟凄凉閉素塵
보 슬 처 량 폐 소 진

거문고는 처량스레 먼지에 덮여 있네

誰念木蘭舟上客
수 념 목 란 주 상 객

뉘라서 목란주 상의 나그네를 생각할가

白蘋花滿廣陵津
백 빈 화 만 광 릉 진

광주 나루에는 흰 마름 꽃만 가득 피었네

[註] 章臺 : 번화한 장안의 누대.

迢遞 : ① 먼 모양 ② 높은 모양 ③ 먼 곳을 번갈아 오가다.

雙鯉傳書 : 멀리서 보내온 두 마리 잉어 뱃속에 편지가 들어 있었다는 고사.

裊 : 간드러질 뇨.　寂歷 : 寂漠, 적적하고 쓸쓸함.

閉 : 가릴 페, 감출 페.　素塵 : 뽀얀 먼지.

木蘭舟 : 목란나무로 만든 배.　廣陵津 : 廣州津.

中國詩

五言絶句
오언절구

古 詩
고 시

雜 詩
대강 지은 시

陶 潛

| 盛_성 年_년 不_부 重_중 來_래 | 청춘의 한창 때는 거듭 오지 아니하고 |

盛_성 年_년 不_부 重_중 來_래　청춘의 한창 때는 거듭 오지 아니하고

一_일 日_일 難_난 再_재 晨_신　하루 동안 새벽이 두 번 되지 아니하니

及_급 時_시 當_당 勉_면 勵_려　때를 잃지 말고 마땅히 힘쓸지어다

歲_세 月_월 不_부 待_대 人_인　세월은 사람을 기다리지 않는 법이니

[註] 盛年 : 혈기왕성한 젊은 시절.　及時 : 때를 잃지 말고, 때에 미쳐서.

陶潛(365~427) : 東晋 때 詩人. 江西省 九江縣 潯陽 柴桑 사람으로 字는 淵明이며 私諡는 靖節이다. 彭澤令으로 80日 관직에 있다가 歸去來辭를 짓고 귀향하여 살며 田園詩를 많이 남겼다. 육조 이후 당송의 시인들이 숭배하는 漢詩의 鼻祖이다.

四 時

사계절

陶 潛

春 춘	水 수	滿 만	四 사	澤 택	봄물은 사방 못에 가득차고
夏 하	雲 운	多 다	奇 기	峰 봉	여름 구름은 기이한 봉우리를 많이 만든다
秋 추	月 월	揚 양	明 명	輝 휘	가을 달빛은 밝게 비쳐 드날리는데
冬 동	嶺 령	秀 수	孤 고	松 송	겨울 산마루에는 소나무 한 그루가 빼어나다

途中寒食

여행 도중 한식을 만남

宋之問

馬 마	上 상	逢 봉	寒 한	食 식

말을 타고 여행하는 중 한식을 만나니

途 도	中 중	屬 속	暮 모	春 춘

길 가는 도중 때마침 늦봄이 되었네

可 가	憐 련	江 강	浦 포	望 망

가련히 포구를 바라보나

不 불	見 견	洛 락	橋 교	人 인

낙양 사람을 만나볼 수 없네

[註] 寒食 : 冬至로부터 105일째 되는 날로 옛날 풍속에 이날은 불을 금하고
　　　찬밥을 먹었다.
　　屬 : 때마침.　　洛橋人 : 洛陽城 사람.

宋之問(656~712) : 字는 延淸으로 괵주 홍농 사람이다. 고종(李治) 上元
　　2년에 進士及第 후 측천무후 때 벼슬이 尙方監丞이 되었다. 측천무
　　후에게 아첨하여 신임을 받기도 하였으나 후일 여러 차례 유배 끝에
　　유배지에서 죽었다.

靜夜思
조용한 밤에 생각함

李 白

床 상	前 전	看 간	月 월	光 광	침상 앞에서 밝은 달빛을 보고
疑 의	是 시	地 지	上 상	霜 상	땅 위에 서리가 내렸는가 생각한다
擧 거	頭 두	望 망	山 산	月 월	머리를 들어 산 위에 뜬 달을 바라보고
低 저	首 수	思 사	故 고	鄕 향	고개를 숙여 고향을 생각한다

[註] 疑是 : 아마도 ~일 듯싶다.

李白(701~762) : 字는 太白이며 號는 靑蓮居士이다. 隴西 成紀에서 태어났으나 유년시절 부친을 따라 四川省 靑蓮縣으로 移住하였다. 천성이 호방하여 협객으로 떠돌았으며 詩를 짓기 시작하여 詩名을 떨쳤다. 25세 때 장안으로 와 賀知章 등의 추천으로 翰林學士가 되기도 하였으나 高力士 등의 모함으로 2년여 만에 사직하고 天下를 떠돌았다. 詩仙으로 불릴 만큼 獨步的이었다. 安·史의 난이 났을 때 永王 李璘의 막부에 들어가 군무를 도와주었으나 영왕이 패하고 죽자 반역죄에 연루되어 潯陽獄에 갇히고 사형선고를 받았다가 유배 도중 사면되었다.

春 曉
봄날의 새벽

孟 浩 然

曉효	覺각	不불	眠면	春춘
鳥조	啼제	聞문	處처	處처
聲성	雨우	風풍	來래	夜야
少소	多다	知지	落락	花화

노곤한 봄잠으로 새벽이 오는 것도 몰랐더니

곳곳에서 새 우는 소리 들린다

밤 동안 비바람 소리 나더니만

꽃들이 다소간 떨어졌음을 알겠네

[註] 春眠 : 봄철의 노곤한 잠.

知多少 : ① 수량의 많고 적음을 알다 ② 수량이 어느 정도 많음을 알다.

孟浩然(689~740) : 襄州 襄陽 사람으로 벼슬하지 않고 평생을 평민으로 살았다. 盛唐 시기 田園詩의 대표적 인물로 王維와 더불어 王孟이라 불렸으며 李白과 杜甫도 그를 존중하였다.

絶 句

절구, 사행시

杜 甫

江_강 碧_벽 鳥_조 逾_유 白_백   강물이 파라니 새가 더욱 희게 보이고

山_산 靑_청 花_화 欲_욕 燃_연   산이 푸르니 꽃빛이 불타는 듯하도다

今_금 春_춘 看_간 又_우 過_과   보아하니 올봄도 또 지나가는데

何_하 日_일 是_시 歸_귀 年_년   어느 날이 이 돌아갈 해인가

杜甫 소개는 七言律詩 참조.

126

江 雪
강상에 내리는 눈

柳 宗 元

千_천 山_산 鳥_조 飛_비 絶_절　뭇 산에는 날던 새들도 끊어지고

萬_만 徑_경 人_인 蹤_종 滅_멸　많은 길에는 사람의 자취 사라졌는데

孤_고 舟_주 蓑_사 笠_립 翁_옹　도롱이에 삿갓 쓰고 쪽배 탄 늙은이가

獨_독 釣_조 寒_한 江_강 雪_설　눈 내리는 찬 강물에서 홀로 낚시질하네

[註] 蹤 : 자취 종.　　滅 : ①다할 멸 ②멸할 멸.
　　蓑 : 도롱이 사. 雨裝.　　笠 : 삿갓 립.

柳宗元(773~819) : 字는 子厚로, 監察御史를 거쳐 禮部員外郎을 지내다
　　가 柳州刺使로 좌천되어 그곳에서 죽었다. 唐宋八大家의 한 사람으
　　로 文章은 韓愈와 겨루며 詩는 王維, 孟浩然에 버금간다고 한다.

※ 이 詩는 絶·滅·雪의 仄聲韻을 쓴 古體詩이다.

尋隱者不遇

은자를 찾아갔다 만나지 못함

賈 島

松
송
下
하
問
문
童
동
子
자
　소나무 밑에서 동자에게 물으니

言
언
師
사
採
채
藥
약
去
거
　선생님은 약을 캐러 가셨다 하네

只
지
在
재
此
차
山
산
中
중
　다만 이 산중에 계시겠지만

雲
운
深
심
不
부
知
지
處
처
　구름이 깊어 계신 곳을 알 수 없다 하네

賈島(779~843) : 字는 浪山으로 范陽 사람이다. 젊어서 출가하여 法名이 無本이라 하였는데 憲宗 元和 6년 봄, 長安에서 韓愈와 조우하고부터 詩友로 인정받았다. 還俗한 후 누차 과거에 응시하였으나 실패하고 文宗 연간에 長江主簿를 지내 세칭 賈主簿라고 불린다. 晚唐 시단에 한몫을 하였다.

登鸛雀樓
관작루에 올라서

王 之 渙

白 백	日 일	依 의	山 산	盡 진	대낮의 해도 산을 넘어 사라지고
黃 황	河 하	入 입	海 해	流 류	황하는 바다로 흘러 들어간다
欲 욕	窮 궁	千 천	里 리	目 목	천리 먼 곳까지 한껏 보고자 하여
更 갱	上 상	一 일	層 층	樓 루	누각 한 층을 다시 더 올라간다

王之渙(688~742) : 盛唐 후기의 대표적 시인. 字는 季凌으로 본적은 晉陽이나 後日 絳郡으로 이주하였다. 학식과 재능이 섬부하였으나 벼슬길이 순탄치 못하다가 文安縣尉로 생을 마쳤다.

子夜吳歌

자야의 오나라 노래

李 白

長장	安안	一일	片편	月월	장안 밤하늘 조각달 떠있는데
萬만	戶호	擣도	衣의	聲성	집집마다 다듬이 소리 요란하다
秋추	風풍	吹취	不부	盡진	가을바람이 끊임없이 불어오니
總총	是시	玉옥	關관	情정	이 모든 것이 옥문관 밖을 그리는 정 일 깨우는 것일세
何하	日일	平평	胡호	虜로	어느 날에나 오랑캐를 평정하고
良량	人인	罷파	遠원	征정	남편은 원정을 파하고 돌아오려나

[註] 子夜 : 한밤중, 밤 12시경.   長安 : 唐나라 서울.

攜衣聲 : 다듬이질 하는 소리.   總是 : 이 모든 것이.

玉關 : 玉門關. 甘肅省 燉煌縣에 있는 西域으로 나가는 관문.

胡虜 : 북쪽 오랑캐, 匈奴.   良人 : 남편. 아내가 남편을 부르는 말.

※ 이 詩는 晋의 樂府이다.

遊子吟
길 떠나는 자식의 읊음

孟 郊

慈母手中線	인자하신 어머님 손에 들린 실은
遊子身上衣	길 떠나는 자식 몸에 입을 옷을 지으시는 것으로
臨行密密縫	떠나기 전 꼼꼼히 바느질하시며
意恐遲遲歸	돌아옴이 늦어질까 걱정하신다
誰言寸草心	뉘 말 했는가 풀잎 같은 한치의 효심으로
報得三春暉	삼춘의 햇살 같은 따뜻한 은혜에 보답할 수 있으리라고

[註] 手中線 : 손안에 든 실. 線 : ① 실 선 ② 줄 선.

遊子 : 먼 곳으로 유학차 떠나는 자식. 密 : 빽빽할 밀.

縫 : ① 꿰맬 봉 ② 기울 봉 ③ 혼솔 봉. 遲 : 더딜 지.

寸草心 : 한치의 풀잎 같은 마음. 報得 : 보답하다. 得은 무의미 助詞.

暉 : ① 빛 휘 ② 빛날 휘.

孟郊(751~814) : 字는 東野로 湖州 武康 사람이다. 46세가 되어서야 進士及第하였으며 溧陽縣尉 등 각종 벼슬을 거쳤으나 강직한 성품으로 평생 궁핍하게 살았다.

七步詩
칠보시

曹 植

煮豆持作羹 (자두지작갱)	콩을 삶아 가지고 국을 끓이고
漉豉以爲汁 (록시이위즙)	된장을 걸러서 즙을 만드는데
其在釜下然 (기재부하연)	콩대는 솥 밑에서 타고
豆在釜中泣 (두재부중읍)	콩은 솥 속에서 운다
本是同根生 (본시동근생)	본시 같은 뿌리에서 생겨났건만
相煎何太急 (상전하태급)	서로 끓이기가 어찌 이리 급한가

[註] 七步詩 : 일곱 걸음을 걷는 동안에 지은 시.   煮 : 삶을 자.
羹 : 국 갱.   漉 : 거를 록.   豉 : 된장 시.   其 : 콩대 기.
釜 : 가마솥 부.   然 : = 燃. 태우다, 타다.   煎 : 끓일 전.

曹植(192~232) : 三國시대 魏나라 詩人으로 曹操의 셋째 아들이다. 字는
子建으로 陳思王에 피봉되었다. 詩才가 뛰어났음에도 兄인 文帝의
시기로 불우한 생애를 마쳤다.

五言律詩

오언율시

歸田園居

전원에 돌아가 살다

陶 潛

種 종	豆 두	南 남	山 산	下 하	콩을 남산 밑에 심었더니
草 초	盛 성	豆 두	苗 묘	稀 희	풀만 무성하고 콩싹은 드물다
侵 침	晨 신	理 리	荒 황	穢 예	새벽부터 일어나 거칠어진 밭에 김을 매고
帶 대	月 월	荷 하	鋤 서	歸 귀	달빛을 받으며 호미 메고 돌아온다
道 도	狹 협	草 초	木 목	長 장	좁은 길에 푸나무만 자라나고
夕 석	露 로	沾 첨	我 아	衣 의	저녁 이슬이 내 옷을 적신다
衣 의	沾 첨	不 부	足 족	惜 석	옷이 젖는 것은 아까울 것이 없으나
但 단	使 사	願 원	無 무	違 위	다만 바라는 바가 어긋나지 않게 되거라

[註] 盛 : 성할 성. 稀 : 드물 희. 侵晨 : 이른 새벽부터.

理荒穢 : 풀이 우거져 거칠어진 밭을 손보아 다스리다.

穢 : ① 잡초 예 ② 거칠 예 ③ 더러울 예. 鋤 : 호미 서.

荷 : 멜 하. 狹 : 좁을 협. 沾 : 젖을 첨.

惜 : ① 아낄 석 ② 아까워할 석.

願無違 : 원하는 바가 어긋남이 없다, 콩이 잘 되다.

違 : ① 어길 위 ② 어그러질 위 ③ 떨어질 위.

歲暮歸南山

세밑에 남산으로 돌아오다

孟浩然

北_북南_남不_부多_다	闕_궐山_산才_재病_병	休_휴歸_귀明_명故_고	上_상敞_폐主_주人_인	書_서廬_려棄_기疏_소	

書廬 대궐에 글을 올리는 일을 그만두고

棄疏 남산에 있는 누추하고 헌집으로 돌아온다

老餘 재주 없다보니 명주의 버림을 받았고

寐虛 병이 많다보니 벗들도 멀어져 있네

年歲 백발은 늙음을 재촉하는데

不窓 봄날도 어느덧 세밑이 다가오네

催逼 오랜 시름으로 잠 못 이루는데

愁夜 송림에 달 비치는 밤 창가가 허허롭네

髮陽懷月 白靑永松

[註] 北闕 : 황제가 있는 대궐 밖.

南山 : 맹호연의 고향집이 있는 襄陽城 남쪽의 峴山.

敞 : ①해질 폐 ②피폐할 폐.　廬 : ①오두막집 려 ②농막 려.

棄 : 버릴 기.　疏 : ①멀리할 소 ②멀어질 소 ③드물 소 ④트일 소.

催 : 재촉할 최.　靑陽 : 봄날.　逼 : 다가오다.

愁 : 근심 수, 근심할 수.　松月夜 : 송림에 달 비치는 밤.

※ 이 詩는 孟浩然이 王維의 초대로 궁중에 갔다가 皇帝를 불시에 만나 자작 시를 읊어보라는 어명에 따라 읊은 것이다. '不才明主棄' 구절에 이르러 "네 가 스스로 進仕를 않은 것이지 내가 언제 너를 버렸느냐"라는 황제의 진노 로 맹호연은 벼슬을 단념하고 고향으로 돌아갔다고 한다.

春 望
봄날에 바라보다

杜 甫

國 국	破 파	山 산	河 하	在 재	나라는 깨어졌어도 산하는 그대로인데
城 성	春 춘	草 초	木 목	深 심	장안성에는 봄이 와 초목이 무성하도다
感 감	時 시	花 화	濺 천	淚 루	시절을 느껴 꽃을 보고도 눈물 흘리고
恨 한	別 별	鳥 조	驚 경	心 심	이별이 한스러워 새소리에도 놀라게 된다
烽 봉	火 화	連 련	三 삼	月 월	봉화가 석 달이나 이어지니
家 가	書 서	抵 저	萬 만	金 금	집에서 온 편지가 만금에 해당하도다
白 백	頭 두	搔 소	更 갱	短 단	흰머리는 긁을수록 짧아져서
渾 혼	欲 욕	不 불	勝 승	簪 잠	온전히 비녀를 꽂기도 어려워졌네

[註] 國破 : 國은 곧 國都, 長安城으로 장안이 함락됨을 의미함.
　　草木深 : 푸나무가 무성하게 우거짐.　感時 : 時事에 느끼는 바가 있다.
　　花濺淚 : 꽃을 보고 눈물을 흘림.　恨別 : 이별이 한스럽다.
　　鳥驚心 : 이별이 한스러워 새소리만 듣고도 놀란다.
　　抵 : 해당하다, 상당하다.　渾 : 모두, 전부.

※ 近體詩로 領聯과 頸聯의 對仗이 되어 있다.

登岳陽樓
악양루에 올라서

杜甫

昔聞洞庭水	예로부터 동정호 물에 대해 들어왔더니
今上岳陽樓	이제야 악양루에 오르도다
吳楚東南坼	오나라와 초나라는 동남으로 나누이고
乾坤日夜浮	하늘과 땅이 밤낮으로 물 위에 떠 있다
親朋無一字	친한 벗에게서는 한 자 소식도 없는데
老病有孤舟	늙어가며 병든 몸에 배 한 척뿐이로다
戎馬關山北	병마는 관산 북쪽에 이어지는데
憑軒涕泗流	난간에 기대어 눈물을 흘리노라

[註] 岳陽樓 : 湖南省 岳陽市 서쪽 성문 누각이다. 開元 초 岳州刺使 張說(장열)이 세웠으며 3층 누각으로 앞은 洞庭湖와 君山을 마주하고 있음.

戎馬 : 兵馬 즉, 병란.

關山 : 關所 즉, 要塞가 있는 山으로 關山北은 양자강 이북의 북쪽 지역을 가리킴.

※ 近體詩로 頷聯과 頸聯의 對仗이 잘 되었다.

憫農

농부를 딱하게 여김

李 紳

春 춘	種 종	一 일	粒 립	粟 속

봄철에 곡식 한 톨을 심어서

秋收萬顆子
가을이면 많은 낟알을 수확한다

四海無閑田
온 나라 안에 노는 땅이 없건만

農夫猶餓死
농부는 오히려 주려 죽는다

鋤禾日當午
곡식 밭에 김을 매어 한나절이 되어 오니

汗滴禾下土
땀방울이 곡식 밑에 떨어진다

誰知盤中餐
뉘 알랴 밥상 위의 밥

粒粒皆辛苦
한 알 한 알이 모두가 신고의 결과인 것을

春種一粒粟 (춘종일립속) 봄철에 곡식 한 톨을 심어서
秋收萬顆子 (추수만과자) 가을이면 많은 낟알을 수확한다
四海無閑田 (사해무한전) 온 나라 안에 노는 땅이 없건만
農夫猶餓死 (농부유아사) 농부는 오히려 주려 죽는다
鋤禾日當午 (서화일당오) 곡식 밭에 김을 매어 한나절이 되어 오니
汗滴禾下土 (한적화하토) 땀방울이 곡식 밑에 떨어진다
誰知盤中餐 (수지반중손) 뉘 알랴 밥상 위의 밥
粒粒皆辛苦 (립립개신고) 한 알 한 알이 모두가 신고의 결과인 것을

[註] 憫 : ① 불쌍히 여길 민 ② 근심할 민.　粒 : 낟알 립.

粟 : ① 조 속 ② 곡식 속.　顆 : 낟알 과.　餓 : 주릴 아.

汗 : 땀 한.　餐 : 저녁밥 손. 飧과 同.

李紳(772~846) : 字는 公垂로 潤州 無錫 사람이다. 憲宗 元和 1년에 進士及第하여 벼슬이 淮南節度使를 거쳐 宰相에 이르렀다.

題李疑幽居
이의가 은거하는 집을 제목으로

賈　島

閑 한	居 거	少 소	隣 린	竝 병	한가한 집은 이웃도 많지 않은데
草 초	徑 경	入 입	荒 황	園 원	풀에 덮인 소로가 황폐해진 정원으로 이어진다
鳥 조	宿 숙	池 지	邊 변	樹 수	새는 연못가 나뭇가지에 잠들고
僧 승	敲 고	月 월	下 하	門 문	스님은 달 아래 문을 두드린다
過 과	橋 교	分 분	野 야	色 색	다리를 지나면 들빛은 나누이고
移 이	石 석	動 동	雲 운	根 근	운근인 돌을 옮겨다 놓았네
暫 잠	去 거	還 환	來 래	此 차	잠시 갔다가 이곳에 돌아오기로 한 것
幽 유	期 기	不 불	負 부	言 언	깊은 기약의 말을 잊을 수 있을가

[註] 幽居 : 隱居, 은둔하고 있는 집.　隣竝 : 이웃집들.
荒 : 거칠 황.　敲 : 두드릴 고.
雲根 : ①구름이 일어나는 근본. 구름은 더운 기운이 찬 돌에 닿아서 생겨나므로.　②돌의 다른 이름.

※ 이 詩는 '推敲(퇴고)'의 출처로, 어느 때 賈島가 長安 길을 가다가 京兆尹 韓退之의 행차와 마주치게 되어 韓退之로부터 '밀 퇴(推)'보다 '두드릴 고(敲)'가 낫다는 지도를 받았다고 한다.

五言排律

오언배율

飲 酒
술을 마시며

陶 潛

結廬在人境　인가 근처에 초가를 짓고 사노라니

而無車馬喧　거마의 시끄러움을 모르겠네

問君何能爾　그대에게 묻노니 어찌 그러할 수 있겠는가

心遠地自偏　마음이 멀어지다 보니 땅도 저절로 외지게 되는 것을

採菊東籬下　동쪽 울 밑에서 국화를 꺾으며

悠然見南山　느긋이 남산을 바라본다

山氣日夕佳　산의 기색은 낮이나 저녁이나 아름다운데

飛鳥相與還　나는 새들 더불어 돌아온다

此中有眞意　이 가운데 참된 의미가 있는데

欲辯已忘言　말하고자 하나 이미 할 말을 잊었노라

[註] 結廬 : 초가집을 짓다.　　人境 : 사람들이 사는 경내.

喧 : 시끄러울 훤.　　偏 : ① 치우칠 편 ② 가 편 ③ 외곬으로 편.

籬 : 울타리 리.　　悠 : ① 멀 유 ② 한가할 유.

辯 : 말 변, 말 잘할 변.

蘇 武

소무

李 白

소무는 흉노 땅에 있었지만

십구년 동안이나 한나라의 부절을 지켰네

흰 기러기 상림원에 날아와

한 통의 편지를 전해주었네

양을 치는 변지의 생활은 괴롭기만 하고

해가 질 때면 돌아가고픈 마음에 간장이 끊어지도다

목이 마르면 월굴의 물을 마시고

허기지면 천산 위의 눈을 먹었네

돌아가는 사막의 길은 멀기만 한데

북쪽 하량에서의 이별은 슬프기만 하다

울며 이릉의 옷을 부여잡고

서로 보며 피눈물을 흘렸네

蘇武飛節苦絶水雪遠別衣血

匈漢林書地心窟上塞梁陵成

在持上一邊歸月天沙河李淚

武年雁傳羊日飲餐還愴把看

蘇十白空牧落渴飢東北泣相

[註] 蘇武 : 前漢 사람으로 字는 子卿이다. 武帝 때 中郎將으로 匈奴에 사신으로 갔다가 억류되어 19년 만에 돌아오니 昭帝가 그의 忠節을 기리어 典屬國 벼슬을 내렸다. 돌아올 때 投降한 李陵과의 애끓는 이별을 河梁에서 가졌다.

渴 : 목마를 갈.　　月窟水 : 西域 月氏國의 물.

天上雪 : 天山 위에 쌓인 눈.　　愴 : 슬퍼할 창.

李陵 : 前漢 武帝 때의 장수. 匈奴와 싸워 고군분투하다 부득이 투항하니 單于가 그를 右校王으로 삼았다.

昭君怨
왕소군의 원통함

東 方 虬

昭君拂玉鞍	왕소군 옥안의 먼지를 털고 나서
上馬啼紅頰	말에 오르며 붉은 두 뺨에 눈물 짓네
今日漢宮人	오늘은 한궁의 여인이나
明朝胡地妾	다음날 밝으면 호지의 첩인 것을
萬里邊城遠	만리 밖 변성은 멀고도 먼데
千山行路難	천 산 가는 길은 어렵기만 하여라
擧頭惟見日	머리를 들어보나 해가 보일 뿐이요
何處是長安	어느 곳이 장안일런가
胡地無花草	오랑캐 땅 화초가 없으니
春來不似春	봄이 왔대야 봄 같지를 않네
自然衣帶緩	자연히 의대가 헐렁해지니
非是爲腰身	일부러 허리를 가늘게 한 게 아닐세

[註] 昭君 : 王昭君. 前漢 孝元帝의 궁녀로 이름은 嬙(장). 字가 昭君이다. 匈奴와의 和親政策으로 皇帝의 命을 받아 公主로 가장하고 匈奴 呼韓邪單于(호한야선우)에게 시집갔다. 後日 明妃라고도 불렸다.

昭 : 밝을 소. 拂 : ① 떨칠 불 ② 털 불. 玉鞍 : 玉으로 장식한 안장.

紅頰 : 복사꽃같이 붉은 두 뺨. 頰 : 뺨 협.

衣帶緩 : 옷이 허리가 헐겁다. 緩 : 느슨할 완.

腰 : ① 허리 요 ② 찰 요.

七言絶句

칠언절구

送元二使安西(渭城曲)
원이를 사신으로 안서에 보내며(위성곡)

王　維

渭城朝雨浥輕塵　위성의 아침비가 가벼운 먼지를 적시니
위 성 조 우 읍 경 진

客舍青青柳色新　객사에는 파릇파릇 버들빛이 새롭다
객 사 청 청 류 색 신

勸君更盡一杯酒　그대에게 다시 한 잔 술을 비우기 권하
권 군 갱 진 일 배 주　노니

西出陽關無故人　서쪽으로 양관을 나서면 친구도 없을 것
서 출 양 관 무 고 인　을

[註] 元二 : 元氏 네 형제 중 둘째.　安西 : 新疆省 庫車.

渭城 : 渭水 가에 있는 咸陽.　浥 : 젖을 읍, 적실 읍.　勸 : 권할 권.

陽關 : 감숙성 돈황현에 있으며 西域으로 통하는 관문이다.

王維(701~761) : 字는 摩詰로 太原 祁州에서 태어나 부친을 따라 蒲州로
이주해 살았다. 開元 9년, 進士壯元하고 우여곡절 끝에 張九齡의 천
거로 給事中이 되었으나 安祿山의 난 때 적에게 협력한 전력으로 좌
천되고 후일 尚書右丞이 되었다. 詩佛이라고 할만큼 佛敎에 심취하
였고 多才多能하여 시인이자 화가이며, 음악에도 조예가 있었다.

※ 이 詩는 비록 古體詩이나 世間에 愛誦되며 樂曲이 되어 送別詩의 전형으로
'西出陽關無故人'을 세 번 거듭 읊어서 陽關三疊이라고 한다.

九月九日憶山東兄弟

구월 구일에 산동에 있는 형제들을 생각함

王 維

獨在異鄕爲異客
독 재 이 향 위 이 객

타향에 나그네 되어 홀로 있는 몸

每逢佳節倍思親
매 봉 가 절 배 사 친

매번 중양가절 만날 때마다 육친 생각이 갑절로 나네

遙知兄弟登高處
요 지 형 제 등 고 처

멀리에서도 형제들이 높은 곳에 오름을 알겠는데

遍插茱萸少一人
편 삽 수 유 소 일 인

산수유 가지 머리에 꽂고 한 사람이 적다 하겠지

[註] 九月九日 : 중양절. 이날에는 높은 곳에 올라[登高] 수유 주머니를 차는 풍습이 있다.

遍 : ①두루 편 ②두루 미칠 편.　　插 : 꽂을 삽.

黃鶴樓送孟浩然之廣陵
황학루에서 맹호연이 광릉 가는 것을 전송하다

李 白

故人西辭黃鶴樓
고 인 서 사 황 학 루

친구는 서쪽에서 황학루를 하직하고

煙花三月下揚州
연 화 삼 월 하 양 주

연무 속 꽃 피는 삼월에 양주로 내려가
네

孤帆遠影碧空盡
고 범 원 영 벽 공 진

외로운 돛배 먼 그림자는 벽공 중으로
사라지고

惟見長江天際流
유 견 장 강 천 제 류

하늘 가로 흘러가는 장강만이 보이네

[註] 故人 : 친구.　辭 : 작별하고 떠남.

　　煙花 : 연무 속에 꽃이 피다.　揚州 : 廣陵.

贈汪倫

왕륜에게 지어주다

李 白

李白乘舟將欲行
리백승주장욕행

이백이 배에 올라 장차 떠나가려 하는데

忽聞岸上踏歌聲
홀문안상답가성

홀연 언덕 위에서 발 구르며 노래하는 소리 들려오네

桃花潭水深千尺
도화담수심천척

도화담 물 깊이가 천척이라 하더라도

不及汪倫送我情
불급왕륜송아정

나를 보내는 왕륜의 정에는 미치지 못하리

[註] 汪倫 : 李白이 桃花潭에서 노닐 때 사귄 친구로, 이백을 위해 항상 집에서 빚은 좋은 술을 대접하며 성의를 다하였다.

踏歌 : 발을 구르며 노래함.

桃花潭 : 安徽省 涇縣 서남쪽에 있는 명승지.

早發白帝城
백제성을 일찍이 출발하여

李　白

朝辭白帝彩雲間
조 사 백 제 채 운 간

아침나절 채운 속의 백제성을 떠나서

千里江陵一日還
천 리 강 릉 일 일 환

천리길 강릉을 하루 만에 돌아왔네

兩岸猿聲啼不盡
량 안 원 성 제 부 진

양편 언덕의 원숭이 울음은 그치지를 않는데

輕舟已過萬重山
경 주 이 과 만 중 산

가벼운 배는 이미 만겹 산을 지나왔네

[註] 白帝城 : 四川省 奉節縣 揚子江 北岸 白帝山에 있는데, 後漢의 公孫述이 쌓았다.

辭 : ① 말씀 사 ② 사양할 사 ③ 사퇴할 사.

彩 : ① 채색 채 ② 무늬 채 ③ 빛 채.　彩雲 : 아름다운 채색 구름.

還 : 돌아올 환.　猿 : 원숭이 원.

春夜洛城聞笛

봄날 밤 낙양성에서 피리 소리를 듣다

李 白

誰家玉笛暗飛聲
수 가 옥 적 암 비 성

뉘 집에서 부는가 은은한 옥피리 소리

散入春風滿洛城
산 입 춘 풍 만 락 성

봄바람타고 실려와 온 낙양성에 퍼진다

此夜曲中聞折柳
차 야 곡 중 문 절 류

이 밤에 여러 곡 중 이별곡을 듣나니

何人不起故園情
하 인 불 기 고 원 정

누구인들 고향생각 나지 않겠나

[註] 洛城 : 낙양성 東漢의 옛 도읍. 唐나라 때도 長安을 西京, 洛陽城을 東京
　　　이라 했음.
　　暗飛聲 : 피리 소리가 멀리서 은은히 들리는 형상.
　　折柳 : 折楊柳로 당시의 離別曲임.　　故園情 : 고향생각.

山中答俗人
산중에 살며 속인에 답함

李 白

問余何事栖碧山
문 여 하 사 서 벽 산

나에게 묻기를 무슨 일로 푸른 산중에 사느냐고 한다

笑而不答心自閑
소 이 부 답 심 자 한

웃기만 할 뿐 대답을 않으나 마음만은 스스로 한가하다

桃花流水杳然去
도 화 류 수 묘 연 거

복사꽃이 흐르는 물과 함께 아득히 멀어 가는 곳

別有天地非人間
별 유 천 지 비 인 간

인간 세상이 아닌 별천지가 있는 것을

[註] 栖 : ① 깃들일 서 ② 보금자리 서.   杳 : 아득할 묘.

山中對酌
산중에서 대작함

李 白

兩人對酌山花開
량 인 대 작 산 화 개

두 사람이 대작하는 산중에는 꽃이 피어

一盃一盃復一盃
일 배 일 배 부 일 배

한 잔 한 잔 다시 한 잔

我醉欲眠君且去
아 취 욕 면 군 차 거

나는 취해 자려 하니 그대는 돌아가시라

明朝有意抱琴來
명 조 유 의 포 금 래

내일 아침 생각 있으면 거문고 안고 오게나

望廬山瀑布
여산폭포를 바라보며

李 白

日照香爐生紫煙 일 조 향 로 생 자 연	향로봉에 햇빛 비쳐 붉은 연무 생겨나는데
遙看瀑布掛前川 요 간 폭 포 괘 전 천	멀리서 폭포를 바라보니 냇물이 앞에 걸려 있는 듯하다
飛流直下三千尺 비 류 직 하 삼 천 척	곧바로 흘러내리는 물은 삼천척이나 되어 보이는데
疑是銀河落九天 의 시 은 하 락 구 천	아마도 은하수가 구천에서 떨어지는 듯하도다

[註] 廬山 : 江西省 九江市 남쪽 장강 남안에 있는 명산.

照 : ① 비칠 조 ② 비출 조.　爐 : 화로 로.

生紫煙 : 자줏빛 연무가 생겨남.　紫 : 붉을 자.　遙 : 멀 요.

瀑布掛前川 : 냇물이 앞에 걸려 있는 듯하다.　掛 : 걸 괘, 걸릴 괘.

對 酒

술을 대하여

白 居 易

蝸牛角上爭何事
와 우 각 상 쟁 하 사

달팽이 뿔 위에서 무슨 일로 다투나

石火光中寄此身
석 화 광 중 기 차 신

부싯불 같은 빠른 세월에 맡겨진 이 몸

隨富隨貧且哀樂
수 부 수 빈 차 애 락

빈부에 따라 슬퍼하고 기뻐하니

不開口笑是痴人
불 개 구 소 사 치 인

입 벌려 웃지 않으면 어리석은 사람일세

[註] 蝸牛角 : 달팽이 뿔.　　石火光中 : 지극히 짧은 시간.

隨 : 따를 수.　　痴 : 어리석을 치.

白居易(772~846) : 字는 樂天으로 후일 香山居士로 쓰기도 하였다. 本籍
은 太原이나 河南 新鄭에서 태어났다. 德宗 貞元 16년 進士及第 후
翰林學士, 左拾遺 등을 역임하고 江州司馬를 거쳐 杭州, 蘇州刺使를
역임하고 刑部尚書로 치사하였다. 新樂府운동의 창도자로 詩는 평이
하고 대중적이었다. 元積과 더불어 元白體로 불렸으며 長恨歌, 琵琶
行 등은 예술성 높은 걸작이다.

江南春
강남의 봄

杜 牧

千里鶯啼綠映紅

천 리 앵 제 록 영 홍

꾀꼬리 우는 천리길에 잎과 꽃이 어우러져

水村山郭酒旗風

수 촌 산 곽 주 기 풍

물가건 산골이건 주기가 나부낀다

南朝四百八十寺

남 조 사 백 팔 십 사

남조 땅엔 사백팔십사 있어

多少樓臺煙雨中

다 소 루 대 연 우 중

다소간의 누대가 연우 속에 보인다

杜牧(803~853) : 字는 牧之로 京兆 萬年 사람이다. 宰相 杜佑의 손자로 進士試에 及第하여 弘文館, 校書郎을 初仕로 各 州의 刺使를 역임하고 中書舍人을 지냈다. 지방을 유람하며 經世之策과 用兵策을 깊이 연구하였다. 詩는 七言絶句와 律詩에 능하여 만당의 대표적 시인으로 李商隱과 더불어 쌍벽을 이루었다.

※ 이 詩는 古體詩로 시를 공부하는 이는 누구나 암송할 정도로 잘 알려져 있다.

泊秦淮

진회 물가에 배를 대고

杜 牧

煙籠寒水月籠沙
연 롱 한 수 월 롱 사

연무는 찬물을 감싸고 달빛은 모래사장을 감싸는데

夜泊秦淮近酒家
야 박 진 회 근 주 가

밤이 되어 진회에 배를 대니 술집이 가까이 있다

商女不知亡國恨
상 녀 부 지 망 국 한

가녀들은 망국의 한을 알지도 못하면서

隔江猶唱後庭花
격 강 유 창 후 정 화

아직도 강 건너서 후정화를 부르는구나

[註] 籠 : 쌀 롱, 싸일 롱.

秦淮 : 江蘇省 溧水縣에서 발원하여 金陵을 경유, 장강에 합류함.

商女 : 歌女, 술집에서 노래하는 여인.

後庭花 : 歌曲. 玉樹後庭花로 南北朝 때 陳의 後主가 지은 亡國之音임.

160

山 行

산길을 가다

杜 牧

遠上寒山石徑斜
원 상 한 산 석 경 사

멀리서 쓸쓸한 산을 오르노라니 자갈길이 비껴 있는데

白雲生處有人家
백 운 생 처 유 인 가

흰 구름 일어나는 곳에 인가가 있어 보인다

停車坐愛楓林晚
정 거 좌 애 풍 림 만

저물녘 단풍 숲을 사랑하기에 수레를 멈추고 보니

霜葉紅於二月花
상 엽 홍 어 이 월 화

서리 맞은 단풍잎이 봄철 꽃보다도 붉구나

[註] 斜 : ① 비낄 사 ② 기울 사.　　坐 : ~ 때문에.

紅於 : 무엇보다도 붉다.

161

楓橋夜泊
풍교에서 하룻밤 숙박하며

張 繼

月落烏啼霜滿天
월 락 오 제 상 만 천

달은 지고 까마귀 울며 하늘 가득 찬서리 치는데

江村漁火對愁眠
강 촌 어 화 대 수 면

강마을 어화를 보며 시름 속에 잠이 든다

姑蘇城外寒山寺
고 소 성 외 한 산 사

고소성 밖에는 한산사가 있어

夜半鐘聲到客船
야 반 종 성 도 객 선

한밤중 종소리가 나그네 탄 배에 이르네

[註] 漁 : 고기 잡을 어.　　姑 : ① 시어미 고 ② 고모 고 ③ 잠시 고.
蘇 : ① 차조기 소 ② 깨어날 소.　　姑蘇城 : 蘇州의 古名.

張繼(생몰미상) : 字는 懿孫으로 호남성 양주 사람이다. 753년에 進士에
及第하여 벼슬이 檢校師簿郞中에 이르렀다. 많은 詩를 남기지는 않
았으나 이 詩로 인해 不朽의 시인이 되어 인구에 회자하게 되었다.

除夜作
섣달 그믐밤에 지음

高 適

旅館寒燈獨不眠 려 관 한 등 독 불 면	여관방 쓸쓸한 등불 아래 홀로 잠 못 이루는데
客心何事轉凄然 객 심 하 사 전 처 연	나그네 마음은 무슨 일로 더욱 쓸쓸한 거냐
故鄕今夜思千里 고 향 금 야 사 천 리	오늘 밤도 천리 밖의 고향을 생각하는데
霜鬢明朝又一年 상 빈 명 조 우 일 년	센 머리에 날이 새면 또 한 살을 먹는구나

[註] 轉 : 더욱.   凄然 : 쓸쓸한 모양.

霜鬢 : 서리같이 흰 구레나룻.

高適(707~765) : 字는 達夫로 渤海 蓨縣 사람이다. 초년에 宦路가 순탄치 못하다가 후일 대성하여 安史의 난 이후 肅宗의 지우를 받아 각 지방 절도사를 거쳐 散騎常侍가 되었다. 詩는 율조가 격앙하고 웅장하며 억센 기상을 주는데 七言 악부시를 잘 지었다. 특히 邊塞詩派의 대표적 인물로 岑參과 병칭된다.

磧中行
사막 길을 가다

岑 參

走馬西來欲到天
주 마 서 래 욕 도 천

서쪽으로 말을 달려 하늘가에 이르니

辭家見月兩回圓
사 가 견 월 량 회 원

집 떠나서 어느덧 보름달을 두 번 보네

今夜不知何處宿
금 야 부 지 하 처 숙

오늘 밤은 어느 곳에서 머물지 모르겠는
데

平沙萬里絶人煙
평 사 만 리 절 인 연

평사 만리길에 인연이 끊어져 있도다

岑參(잠삼)(715~770) : 荊州 江陵 사람으로 天寶 3년(744)에 進士及第하
여 安西節度使書記 및 北庭절도사 判官을 지냈고, 후일 嘉州刺使에
이르렀다. 邊塞詩派의 대표적 인물로 高適과 함께 高岑으로 이름을
날렸다.

偶　成

우연히 이룬 시

朱　熹

少年易老學難成
소 년 이 로 학 난 성

소년이 늙기는 쉬우나 학문을 이루기는 어려우니

一寸光陰不可輕
일 촌 광 음 불 가 경

잠시의 시간이라도 가벼이 할 수 없느니라

未覺池塘春草夢
미 각 지 당 춘 초 몽

연못가에 봄풀이 돋아나던 꿈을 깨기도 전에

階前梧葉已秋聲
계 전 오 엽 이 추 성

계단 앞 오동잎이 이미 가을 소리를 내며 지는도다

朱熹(1130~1200) : 字는 元晦이며 號는 紫陽, 晦庵 등을 썼다. 南宋 徽州(휘주) 婺源(무원) 사람으로 進士가 된 뒤 高宗, 孝宗, 光宗, 寧宗을 섬기며 벼슬은 寶文閣 待制에 올랐다. 宋代 性理學을 集大成하여 朱子學이라 부르게 되었다. 죽은 뒤 文公이라 諡號하였고, 徽國公에 追封되고 孔子廟에 從祠되었다.

七言律詩

칠언율시

登黃鶴樓
황학루에 올라

崔 顥

昔人已乘黃鶴去
석 인 이 승 황 학 거

옛사람은 이미 황학 타고 가버렸고

此地空餘黃鶴樓
차 지 공 여 황 학 루

이곳에는 공연히 황학루만 남아 있네

黃鶴一去不復返
황 학 일 거 불 복 반

황학은 한 번 간 후 돌아오지 않는데

白雲千載空悠悠
백 운 천 재 공 유 유

흰 구름만 천년 동안 유유히 떠돈다

晴川歷歷漢陽樹
청 천 력 력 한 양 수

맑은 냇물에는 뚜렷이 한양의 나무 비껴
있고

芳草萋萋鸚鵡洲
방 초 처 처 앵 무 주

앵무주에는 싱그러운 풀이 우거져 있도
다

日暮鄕關何處是
일 모 향 관 하 처 시

날은 저무는데 고향이 어디쯤인가

煙波江上使人愁
연 파 강 상 사 인 수

강물 위 연파만이 사람의 시름을 자아내
네

[註] 黃鶴樓 : 武昌 黃鶴磯에 蛇山을 등지고 장강을 마주하여 우뚝 솟아 있는
유명한 누각. 지금의 武漢 長江大橋 南端에 위치해 있음. 南齊
書 州郡誌에 따르면 옛적에 仙人 王子安이 이곳에서 황학을 타
고 하늘로 올라갔다고 함.

歷歷 : 뚜렷한 모양, 분명한 모양.　萋萋 : 풀이 우거져 무성한 모양.

鸚鵡洲 : 漢陽 서남쪽 長江 한복판에 있는 모래톱의 이름.

崔顥(704~754) : 開元 年間에 進士及第하고 天寶 年間에 太僕寺卿이 되
었다.

登金陵鳳凰臺
금릉 봉황대에 올라

李 白

鳳凰臺上鳳凰遊
봉 황 대 상 봉 황 유

봉황대 위에 봉황이 노닐었다더니

鳳去臺空江自流
봉 거 대 공 강 자 류

봉황은 가고 빈 누대 아래 강물만 흘러 간다

吳宮花草埋幽徑
오 궁 화 초 매 유 경

오궁 화초에 그윽한 길은 묻혀 있고

晋代衣冠成古丘
진 대 의 관 성 고 구

진나라 때 고관의 의관은 옛 무덤을 이루었네

三山半落青天外
삼 산 반 락 청 천 외

세 봉은 푸른 하늘 밖에 반쯤이나 솟아 있고

二水中分白鷺洲
이 수 중 분 백 로 주

두 물줄기는 백로주에 의해 가운데서 나뉘었네

總爲浮雲能蔽日
총 위 부 운 능 폐 일

뜬구름이 모두 하늘의 해를 가려

長安不見使人愁
장 안 불 견 사 인 수

장안은 보이지 않고 시름만 자아내네

[註] 金陵 : 江蘇省에 있는 南京의 별칭.

吳宮 : 三國시대 吳나라 왕궁.   埋 : 묻을 매.

晋代 : 도읍을 금릉에 정했던 東晋 시기를 가리킴.

三山 : 금릉 서남쪽 장강 기슭의 세 개의 산봉우리.

二水 : 두 갈래로 갈라져 흐르는 강물.

白鷺洲 : 남경 서남쪽 장강 한복판에 있는 모래톱.   蔽 : 가릴 폐.

※ 李白이 流配 길에 풀려서 처음 黃鶴樓에 올라가 한 수 읊어 보려다가 崔顥가 먼저 지은 황학루 시가 절창임을 보고 시 짓기를 그만두고 金陵에 이르러 鳳凰臺 시를 지었다고 한다.

杜甫(712~770) : 字는 子美이며 別號는 少陵이다. 本籍은 襄陽이나 洛陽 근교 鞏縣에서 태어났다. 祖父 杜審言은 則天武后 때 인정받는 宮廷시인이었다. 7세부터 詩 짓는 공부를 시작하여 靑壯年이 되어서는 원숙한 경지에 이르렀을 것임에도 進士試에 수차 낙방하고 생활이 곤궁하였다. 이는 아마도 측천무후 시대에 맹활약했던 조부에 대한 세상의 좋지 않은 인식이 출세에 지장을 준 것이 아닌가 싶다. 40세가 되어서야 세 차례 황제께 表文을 올린 끝에 冑曹參軍이라는 微官末職을 얻었으나 얼마 가지 않아 安祿山의 난이 일어나서 조정이 흩어지게 되었다. 3년이나 피란생활을 하는 동안 반군에게 잡혀 장안에 구금되었다가 탈출하여 鳳翔에 있는 肅宗을 찾아가서 左拾遺라는 벼슬을 받았으나, 敗戰한 宰相 房琯을 비호하려다 황제의 진노를 사서 지방으로 좌천되었다. 이내 벼슬을 버리고 四川省 成都로 가서 친우인 節度使 嚴武의 보호 아래 浣花溪에 草堂을 짓고 살기 3년여, 檢校工部員外郞에 취임하니 비로소 生活이 안정되었다. 엄무가 죽은 뒤 54세 되던 해 관직을 사임하고 四川, 湖北, 湖南省 일대를 수년간 방랑한 끝에 770년 가을, 長安을 향해 가려다 湘江 뱃머리에서 병사하여, 岳陽 땅에 묻혔다가 손자 杜嗣業에 의해 祖父 杜審言 곁에 이장하게 되었다. 평생을 병고와 곤궁과 좌절 속에 보냈으나 詩歌 創作 영역에서만큼은 他의 追從을 불허하는 獨步的인 존재로 魏晉 이래의 漢詩를 集大成하였다. 가장 세련된 近體詩의 律格을 확립하는 데 주도적인 역할을 하였으며, 天衣無縫한 필치로 1400여수에 이르는 詩作을 남겨, 萬古 詩聖의 칭호를 얻어 李白과 함께 唐詩의 상징적 인물이 되었다. 詩의 특징은 雄渾, 沈痛하며 忠厚의 情이 넘치고, 憂國愛民의 뜻이 충만하다.

登 高
높은 곳에 오르다

杜 甫

風急天高猿嘯哀
풍 급 천 고 원 소 애

바람 급하고 하늘 높은 중 원숭이 울음 구슬퍼

渚清沙白鳥飛回
저 청 사 백 조 비 회

맑은 물가 흰 모래에 새들은 날아 돈다

無邊落木蕭蕭下
무 변 락 목 소 소 하

가없는 낙엽은 쓸쓸히 떨어지고

不盡長江滾滾來
부 진 장 강 곤 곤 래

다함없는 장강 물은 세차게 흘러온다

萬里悲秋常作客
만 리 비 추 상 작 객

만리 밖 슬픈 가을에 언제나처럼 나그네 되어

百年多病獨登臺
백 년 다 병 독 등 대

백년 세월 병 많은 몸이 홀로 누대에 오른다

艱難苦恨繁霜鬢
간 난 고 한 번 상 빈

어려운 일 괴로움 속에 머리만 희게 세어

潦倒新停濁酒杯
료 도 신 정 탁 주 배

노쇠한 몸 새로이 탁주잔마저 끊는다

[註] 渚 : ① 물가 저 ② 사주(砂洲) 저. 모래섬.   落木 : 낙엽.
蕭蕭 : ① 말이 우는 소리 ② 나뭇잎이 떨어지는 소리 ③ 쓸쓸한 모양
④ 바람 부는 소리.
滾滾 : 물이 세차게 흐르는 모양.
繁霜鬢 : 귀밑머리가 서리 맞은 듯 세다.
潦倒 : 거동이 둔하고 노쇠한 모양.

※ 近體詩의 代表作으로 頷聯과 頸聯뿐만 아니라 4개 聯이 모두 대장을 이룬 보기 드문 秀作이다.

蜀 相
촉한의 재상 제갈량

杜 甫

丞相祠堂何處尋
승 상 사 당 하 처 심

승상 사당을 어느 곳에서 찾을가

錦官城外柏森森
금 관 성 외 백 삼 삼

금관성 밖 측백나무가 울밀한 곳이로다

映階碧草自春色
영 계 벽 초 자 춘 색

계단에 비치는 푸른 풀은 스스로 봄빛을 띠었고

隔葉黃鸝空好音
격 엽 황 리 공 호 음

잎을 사이한 꾀꼬리는 부질없이 좋은 소리를 내도다

三顧頻煩天下計
삼 고 빈 번 천 하 계

세 번씩 자주 찾음에 천하 경영할 계책을 말해 주었고

兩朝開濟老臣心
량 조 개 제 로 신 심

두 조정을 보필한 늙은 신하의 마음일세

出師未捷身先死
출 사 미 첩 신 선 사

군사를 움직여 승리도 하기 전 몸이 먼저 죽었으니

長使英雄淚滿襟
장 사 영 웅 루 만 금

길이 영웅으로 하여금 눈물이 옷깃을 적시게 하네

[註] 蜀相 : 三國時代 蜀漢의 재상 諸葛亮(181~234)을 말한다.

錦官城 : 成都의 별칭.　森 : ① 빽빽할 삼 ② 오싹할 삼.　階 : 뜰 계.

隔 : 막을 격.　鸝 : 꾀꼬리 리.

三顧頻煩 : 諸葛亮이 湖北省 襄陽縣 隆中 땅에서 은거하고 있을 때 劉備가 關羽, 張飛를 데리고 세 번 찾아가 天下三分之計를 제시 받았음.

顧 : 돌아볼 고.　頻 : 자주 빈.

開濟 : 先主 劉備의 帝業을 열어 주고 後主 劉禪을 보좌하였다는 뜻.

濟 : 건널 제.　捷 : ① 이길 첩 ② 빠를 첩.　襟 : 옷깃 금.

曲 江
곡강

杜 甫

朝回日日典春衣
조 회 일 일 전 춘 의

조정에서 돌아오면 날마다 봄옷을 저당
잡혀

每日江頭盡醉歸
매 일 강 두 진 취 귀

매일같이 곡강 가에서 잔뜩 취해 돌아온
다

酒債尋常行處有
주 채 심 상 행 처 유

술빚은 언제나 가는 곳마다 있으나

人生七十古來稀
인 생 칠 십 고 래 희

인생이 칠십을 사는 것 예로부터 드문
일인 것을

穿花蛺蝶深深見
천 화 협 접 심 심 견

꽃을 파고드는 호랑나비는 깊숙이 보이
고

點水蜻蜓款款飛
점 수 청 정 관 관 비

물을 차는 잠자리는 느릿느릿 난다

傳語風光共流轉
전 어 풍 광 공 류 전

전하는 말에 풍광이 함께 유전한다고 하
니

暫時相賞莫相違
잠 시 상 상 막 상 위

잠시라도 어김없이 완상하도록 하오

[註] 朝回 : 조정에서 돌아오다.   典春衣 : 봄옷을 저당잡히다.
尋常 : ① 보통, 언제나 ② 여덟 자와 열여섯 자의 길이.
穿 : 뚫을 천.   蛺蝶 : 호랑나비.   蜻蜓 : 잠자리.
款 : ① 느릴 관 ② 정성 관 ③ 두드릴 관.   傳語 : 전하는 말에.

野 望

들에서 바라보다

杜 甫

西山白雪三城戍
서 산 백 설 삼 성 수

흰눈 덮인 서산에는 삼성의 수자리가 있고

南浦淸江萬里橋
남 포 청 강 만 리 교

남포 맑은 물 위에는 만리교가 놓여 있네

海內風塵諸弟隔
해 내 풍 진 제 제 격

온 나라 풍진으로 여러 아우 막혀 있고

天涯涕淚一身遙
천 애 체 루 일 신 요

하늘가 먼 곳에서 눈물 겨운 이 한 몸이네

惟將遲暮供多病
유 장 지 모 공 다 병

오직 늙어가며 병만이 많을 뿐

未有涓埃答聖朝
미 유 연 애 답 성 조

조금치도 황제께 대한 보답이 없었네

跨馬出郊時極目
고 마 출 교 시 극 목

말 타고 교외에 나가 눈을 크게 뜨고 보아도

不堪人事日蕭條
불 감 인 사 일 소 조

인사가 날로 쓸쓸해짐을 견딜 수 없네

[註] 西山 : 成都 서쪽에 있는 여러 산. 그 主峰은 岷山으로 岷江의 발원처인데 일년 내내 흰눈이 쌓여 있다.

三城 : 세 개의 城. 松州城, 維州城, 保州城이다.

南浦 : 성도 南郊의 百花潭을 지칭함.

萬里橋 : 成都 금강 위에 놓인 다리.　遙 : 멀 요.

遲暮 : 점차 나이를 먹음, 늙어감.　涓埃 : 물방울과 먼지, 근소함.

跨 : 걸터앉을 고.　蕭條 : ① 쓸쓸한 모양 ② 한적한 모양.

江 村

강가 마을

杜 甫

清江一曲抱村流
청 강 일 곡 포 촌 류

맑은 강 한 굽이 마을을 안고 흐르니

長夏江村事事幽
장 하 강 촌 사 사 유

긴 여름 강변 마을에 일마다 한가롭다

自去自來梁上燕
자 거 자 래 량 상 연

제대로 왔다 제대로 가는 들보 위의 제비며

相親相近水中鷗
상 친 상 근 수 중 구

서로 친해져 가까이 오는 물속의 갈매기 하며

老妻畵紙爲碁局
로 처 획 지 위 기 국

늙은 아내는 종이에다 바둑판을 그리고

稚子敲針作釣鉤
치 자 고 침 작 조 구

어린 자식은 바늘을 두드려 낚싯바늘 만드네

多病所須惟藥物
다 병 소 수 유 약 물

많은 병에 반드시 소용되는 것은 오직 약물일 뿐이니

微軀此外更何求
미 구 차 외 갱 하 구

미천한 몸이 이것 외에 무엇을 다시 구할 건가

[註] 抱 : 안을 포.　梁 : ① 들보 량 ② 나무다리 량.　畵 : 그을 획.
碁局 : 바둑판.　稚 : 어릴 치.　敲 : 두드릴 고.
釣鉤 : 낚싯바늘.　軀 : 몸 구.

秋 興
가을날의 흥취

杜 甫

玉露凋傷楓樹林
옥 로 조 상 풍 수 림
　찬이슬 내려 단풍 숲은 시드는데

巫山巫峽氣蕭森
무 산 무 협 기 소 삼
　무산과 무협에는 가을 기운 쓸쓸하다

江間波浪兼天湧
강 간 파 랑 겸 천 용
　강 사이 파도는 하늘 높이 솟구치고

塞上風雲接地陰
새 상 풍 운 접 지 음
　변방의 풍운은 땅에 이어져 음침하다

叢菊兩開他日淚
총 국 량 개 타 일 루
　떨기진 국화 두 번 피니 지난날이 눈물 겹고

孤舟一繫故園心
고 주 일 계 고 원 심
　외론 배는 한 번 매어 논 채 고향생각만 간절하다

寒衣處處催刀尺
한 의 처 처 최 도 척
　겨울옷은 곳곳에 손볼 것이 많은데

白帝城高急暮砧
백 제 성 고 급 모 침
　백제성 높은 곳에 저물녘 다듬이 소리만 급하네

[註] 玉露 : 옥 같은 찬이슬.　凋 : 시들 조.　凋傷 : 시들고 상하다.

蕭森 : 쓸쓸하고 오싹하다.　兼天湧 : 하늘까지 솟구치다.

湧 : 솟아날 용.　叢 : ①모일 총 ②떨기 총 ③더부룩할 총.

兩開 : 두 번째 피다.　繫 : 맬 계.　催刀尺 : 바느질을 재촉하다.

砧 : ① 다듬잇돌 침.

※ 近體詩로 簾對가 잘 되었다.

香爐峯下新卜草堂偶題東壁
향로봉 밑에 초당을 새로 짓고 동쪽 벽에 시를 쓰다

白 居 易

日高睡足猶慵起 일 고 수 족 유 용 기	잠을 족히 잤건만 해가 높도록 일어나기 싫어진다
小閣重衾不怕寒 소 각 중 금 불 파 한	소각이나 두터운 이불 있어 추위가 걱정 없네
遺愛寺鐘欹枕聽 유 애 사 종 기 침 청	유애사 종소리를 베개에 기대어 듣고
香爐峯雪撥簾看 향 로 봉 설 발 렴 간	향로봉 눈을 발을 제치고 본다
匡廬便是逃名地 광 려 편 시 도 명 지	여산은 은거하기 좋은 곳이요
司馬仍爲送老官 사 마 잉 위 송 로 관	사마 벼슬은 노년을 보내기 합당한 자리 이지
心泰身寧是歸處 심 태 신 녕 시 귀 처	몸과 마음 편안히 돌아갈 곳 있으니
故鄕何獨在長安 고 향 하 독 재 장 안	고향이 어찌 장안에만 있으랴

[註] 慵起 : 일어나기 귀찮아 함.   怕 : 두려워하다.
　　遺愛寺 : 향로봉 북쪽에 있는 절.   欹枕 : 베개를 받치고 기대어 앉음.
　　撥簾 : 발을 제침.   匡廬 : 廬山.
　　逃名地 : 명리를 피해 숨어살 만한 곳.
　　送老官 : 늙은 나이에 보내기 좋은 한가한 벼슬.

左遷至藍關示姪孫湘

좌천되어 남관에 이르러 질손 상에게 보이다

韓 愈

一封朝奏九重天
일 봉 조 주 구 중 천

아침에 한 통의 봉서를 구중궁궐 천자께 올렸더니

夕貶潮州路八千
석 폄 조 주 로 팔 천

저녁에 물리쳐져 팔천리 조주 길에 올랐다

欲爲聖明除弊事
욕 위 성 명 제 폐 사

황상을 위해 폐사를 제거하기 바랐을 뿐

肯將衰朽惜殘年
긍 장 쇠 후 석 잔 년

감히 늙은 몸으로 남은 목숨 아끼려 했겠는가

雲橫秦嶺家何在
운 횡 진 령 가 하 재

구름은 진령에 가로 걸려 집이 어디인지 모르겠고

雪擁藍關馬不前
설 옹 람 관 마 부 전

눈이 남관을 가로막아 말이 앞으로 나아가질 못하네

知汝遠來應有意
지 여 원 래 응 유 의

네가 멀리까지 오는데는 무슨 뜻이 있으려니

好收我骨瘴江邊
호 수 아 골 장 강 변

좋도다 내 뼈를 장기 도는 강가에서 거두어 주려무나

[註] 藍關 : 長安 동남쪽 섬서성 남전현의 협곡에 있다.

姪孫 : 從孫 즉 兄弟의 손자.　奏 : ① 아뢸 주 ② 상소 주.

貶 : ①폄할 폄 ②물리칠 폄 ③떨어뜨릴 폄

潮 : ①조수 조 ②밀물 조 ③바닷물 조 ④나타날 조.

潮州 : 韓退之가 좌천되어 가는 고장. 廣東省 潮安縣.

聖明 : 天子를 높여서 부르는 말, 憲宗을 가리킴.

弊事 : 폐해가 되는 일, 佛骨을 궁중에 들이는 일.

肯 : 감히 어찌 ~하랴.　將 : ~로서.

瘴 : 瘴氣. 열병의 원인이 되는 산천에서 생기는 나쁜 기운.

※ 韓愈는 元和 14년(819), 憲宗이 佛骨을 宮中에 들여오는 일에 반대하는 論佛骨表를 올렸다가 皇上의 진노를 사서 潮州刺使로 左遷되었다.

思 親
어버이를 사모함

耶律楚材

昔年不肯臥茅屋
석 년 불 긍 와 모 옥

옛적엔 모옥에 한가히 누워 있기를 즐겨 하지 않았는데

贏得飄蕭兩鬢疏
영 득 표 소 량 빈 소

남은 것은 바람에 날리는 귀밑머리뿐

醉裏莫知身似蝶
취 리 막 지 신 사 접

취하면 어느새 몸은 나비가 되고

夢中不覺我爲魚
몽 중 불 각 아 위 어

꿈을 꾸면 나도 모르게 고기가 되어 달려간다

故園屈指八千里
고 원 굴 지 팔 천 리

꼽아보면 고향땅은 팔천리인데

老母行年六十餘
로 모 행 년 륙 십 여

늙으신 어머님 연세는 육십이 넘으셨네

何日掛冠辭富貴
하 일 괘 관 사 부 귀

어느 날에나 벼슬과 부귀를 내어놓고

少林佳處卜新居
소 림 가 처 복 신 거

소림 땅 좋은 곳에 새집 짓고 살거나

[註] 不肯 : 달가워하지 않다.　贏得 : 이득을 봄, 남은 것.
　　飄蕭 : 바람이 쓸쓸히 부는 모양.　掛冠 : 벼슬을 내놓음, 사직함.

耶律楚材(1190~1244) : 蒙古帝國(元) 建國의 功臣이자 詩人. 字는 晉卿
　　이며 諡號는 文正으로 遼朝 宗室의 자손이다. 儒·佛·仙에 두루 통
　　하였으며 天文, 地理, 醫藥에도 소양이 깊은 中國的 文化人이었다.
　　칭기즈칸과 쿠빌라이를 도와 元나라의 文物 제도를 확립하였다.

脫稿所感

탈고한 소감

藍溪 申 謹 植

綺羅騷客繡詩壇
기 라 소 객 수 시 단

기라성 같은 소객이 시단을 수놓았는데

歷代風流意萬端
역 대 풍 류 의 만 단

역대 풍류는 뜻이 만단이네

傑士名篇纔濫讀
걸 사 명 편 재 람 독

걸사의 명편을 겨우 남독하고

英賢秀作叵精看
영 현 수 작 파 정 간

영현들의 수작을 어렵게 정간했네

千聯奧義知多少
천 련 오 의 지 다 소

천련의 깊은 뜻을 다소는 알겠고

每句幽情把若干
매 구 유 정 파 약 간

매구의 고상한 마음을 약간은 파악했네

杜撰宂文終脫稿
두 찬 용 문 종 탈 고

보잘것없는 글을 마침내 탈고하고 보니

深耽愚老雅懷寬
심 탐 우 로 아 회 관

깊이 탐닉한 우로의 풍류스런 회포가 넉넉해졌네

[註] 綺 : ① 비단 기 ② 무늬 기 ③ 고울 기.

繡 : ① 수 수, 수놓을 수 ② 비단 수.   纔 : 겨우 재.

濫 : ① 넘칠 람 ② 함부로 람.

叵 : ① 어려울 파 ② 불가할 파 ③ 드디어 파.

奧 : 깊을 오.   把 : 잡을 파.

杜撰 : 틀린 곳이 많은 저작.   宂文 : 쓸데없이 너절한 글.

宂 : ① 한가로울 용 ② 쓸데없을 용 ③ 군더더기 용.

악양루(岳陽樓)에 올라
- 관산융마소고(關山戎馬小考) -

韓國漢詩協會 副會長 申 謹 植

우리의 한시(漢詩)가 비록 중국의 문자와 형식을 빌어 이루어 졌다고는 하나, 세상에 어찌 이(李)·두(杜)와 왕(王)·맹(孟)만 이 존재할 것인가. 우리나라에도 여조(麗朝) 조선조(朝鮮朝)를 거치며 하늘의 별만큼이나 많은 시인, 가객이 우리의 정서를 우리의 소리로 읊어 왔으니 여기에 소개하고자 하는 석북(石北) 신광수(申光洙) 선생도 그러한 분들 중에 하나이다. 선생은 조선조 영조(英祖) 때 시인으로 숙종 임진년(1712)에 한산 숭문동 에서 태어나서 영조 을미년(1775)에 서거하니 향년 64세였다. 자(字)를 성연(聖淵)이라 하고 관향은 고령(高靈)이다.

선생의 과시(科詩) 관산융마(關山戎馬)는 관현가사(管絃歌詞)에 올라 2백여년 이상을 여염과 이원(梨園)에서 음영(吟詠)되며 널리 인구에 회자되었고, 오늘날 이 시가의 창(唱)을 능히 할 수 있는 이는 인간문화재로 지정되고 있을 정도이다.

관산융마의 원제목은 등악양루탄관산융마(登岳陽樓歎關山戎馬) 로 영조 22년(1746) 가을에 실시된 춘당대승보시(春塘臺陞輔

試)에 응시하여 차상(次上)을 한 작품이다. 두보(杜甫)의 고사를
주제로 하여 두율(杜律)의 온축에 의하여 쓰여졌다고 한다. 총
22연(聯) 44구(句)로 우(尤) 운목으로 이루어져 있다.

선생은 약관(弱冠) 때부터 문명(文名)이 나라 안을 움직였으
나 평생토록 빈한하였고 불우한 생애를 지내다가 뒤늦게 발신하
여 광세의 영광을 누린 셈이다. 더구나 과거(科擧)의 운은 그리
좋은 편이 못 되어 39세에 비로소 진사과(進士科)에 오르고,
50세에 영릉(寧陵)참봉을 거쳤다. 53세에 금부도사(禁府都事)
로 제주에 가던 중 풍파를 만나 탐라록(耽羅錄)을 남기고, 영조
47년(1771) 60세 때 가을에 연천(漣川)현감으로 출사하였다.
이듬해인 임진년 2월에 기로과(耆老科)에 장원(壯元)하여 당일
로 창방(唱榜)하고, 당상(堂上)에 올라 삼일째는 우승지(右承旨)
에 제수되었고, 이어 영월부사를 역임하였다.

선생의 시에 대하여는 당시 교우의 한 사람이었던 번암(樊巖)
채제공(蔡濟恭)이 평하기를 "득의작은 삼당(三唐)을 따를 만하
고, 그렇지 못한 것이라도 명나라의 이반룡(李攀龍)과 왕세정(王
世貞)을 능가하며 동인(東人)의 누습을 벗어났다"고 하였다. 그
러나 선생의 시를 읽어보면 중국적인 냄새가 적고, 시어(詩語)에
우리나라에 고유한 구기(口氣)가 서려 있어 부지중 친밀감을 느
끼게 한다. 선생의 유집(遺集)은 총 16권 8책이다. 여강록(驪江
錄), 탐라록(耽羅錄), 북산록(北山錄), 임장록(臨漳錄), 관서악
부(關西樂府) 등이 그것이다.

관산융마(關山戎馬)는 두보가 악양루에 올라 고향의 난리를 생
각하며 탄식하던 광경을 읊은 것이다. 관산은 관새(關塞)의 산,
융마는 병란으로 고국의 난리를 뜻한다.

당(唐) 6세 현종 때 안녹산(安祿山)의 난에 이어 회흘, 토번 등 변방의 오랑캐가 쳐들어오고, 더구나 장안 인근은 대기근이 들어 혼란에 빠졌다. 건원(乾元) 2년에 두보는 식량을 구하러 진주(秦州)로 갔다가 성도(成都)에서 절도사 엄무(嚴武)의 배려로 완화초당(浣花草堂)을 짓고 살았다 한다. 약 3년 동안의 이 초당 생활이 두보에게는 일생을 통하여 가장 평화스러운 기간이었다. 그러나 두보는 고향으로 돌아오려고 강남을 전전하다가 상강(湘江)의 배 안에서 병을 얻어 59세를 일기로 생애를 마쳤다. 이무렵 동정호(洞庭湖) 악양루에 올라 아래의 등악양루(登岳陽樓) 시를 남겼다.

昔聞洞庭水　今上岳陽樓 (석문동정수 금상악양루)
吳楚東南坼　乾坤日夜浮 (오초동남탁 건곤일야부)
親朋無一字　老去有孤舟 (친붕무일자 로거유고주)
戎馬關山北　憑軒涕泗流 (융마관산북 빙헌체사류)

예부터 동정물을 듣더니, 오늘 악양루에 올라라.
오와 초는 동남으로 터져 있고, 하늘과 땅은 밤낮으로 떠 있도다.
친한 벗이 한 자 글월도 없으니, 늙어가며 외로운 배만 있도다.
싸움말이 관산 북녘에 있으니, 난간에 의지하여 눈물을 흘리노라.

관산융마(關山戎馬)

가을 가람(江) 적막하니 어룡(魚龍)도 찬데
쓸쓸한 서녘바람, 인걸은 중선루(仲宣樓)에 올랐어라
매화곡(梅花曲) 만나라에 저물녘 피리 소리를 들으며
도죽장(桃竹杖) 늙은 몸이 백구 따라 흐르노라
난간에 기대어 오만(烏蠻)에 지는 저녁노을 바라보나니
북녘 군사 티끌은 어느 날에나 그치려는고
고국 봄꽃에 조히 눈물을 뿌린 뒤에
어느 곳 강산이 내 시름 아닐네냐
햇버들 가는 버들 곡강 동산과
옥이슬 푸른 단풍 기자(蘷子) 고을을
푸른 도포로 한 번 만리 배에 올랐느니
동정호는 하늘같아 물결이 가을을 비롯하였네라
가없는 초나라 빛 칠백리에
예로부터 높은 다락은 호수 위에 떠 있도다
한갓 가을하늘 나뭇잎 지는 소리
저편 청초호 기슭은 아득도 하고녀
풍연이 눈앞에 가득 다가오건만
애달파라 동남으로 떠도는 이 몸
중원 몇몇 곳에 전고 소리 요란턴고
신(臣) 두보는 천하의 근심을 먼저 하노라

푸른 산 흰 물가엔 과부가 울고

거여목 포도밭엔 호마가 울부짖네

개원의 꽃과 새, 수령궁은 닫혀 있는데

강남땅에 홍두의 노래를 울며 들어엔다

서원의 오죽은 옛적 습유의 자취이더니

초나라 땅 서리찬 다듬이 소리에 백발만 남아 있네

소소히 외로운 돛배 백만(百蠻)으로 떠가노니

백년 생애를 삼협의 배에 의탁하였네

풍진 속 형제자매 눈물이 마를거나

호해에 흩어진 벗들 편지마저 전할 길 없네

부평 같은 천지에 이 다락이 높아

어지러운 시대에 올라 초수됨을 슬퍼하노라

서경만사는 한갓 장기판인가

북녘을 바라보며 성상의 안부를 생각한다

파릉 봄술에 수월히 취하질 못하여

금낭에 풍물 담을 생각조차 없구나

조종 강한은 이 어느 땅이기에

다락 아래 소상 물만 예사로 흐르느냐

교룡은 물에 있고 범은 산에 있는 것

옥뜰에 조회하던 날 몇 해나 지났는고

군산의 원기는 물가에 아득한데

한 발 비낀 해는 뉘엿뉘엿하여라

세 차례 초나라 원숭이 울음은 시름을 자아내는데

두우성 너머 하늘로 뚫어져라 서울을 바라본다

登岳陽樓歎關山戎馬(등악양루탄관산융마)

① 秋江寂寞魚龍冷　　人在西風仲宣樓
　　추강적막어룡랭　　인재서풍중선루

② 梅花萬國聽暮笛　　桃竹殘年隨白鷗
　　매화만국청모적　　도죽잔년수백구

③ 烏蠻落照倚檻恨　　直北兵塵何日休
　　오만락조의함한　　직북병진하일휴

④ 春花故國濺淚後　　何處江山非我愁
　　춘화고국천루후　　하처강산비아수

⑤ 新蒲細柳曲江苑　　玉露青楓夔子州
　　신포세류곡강원　　옥로청풍기자주

⑥ 青袍一上萬里船　　洞庭如天波始秋
　　청포일상만리선　　동정여천파시추

⑦ 無邊楚色七百里　　自古高樓湖上浮
　　무변초색칠백리　　자고고루호상부

⑧ 秋聲徒倚落木天　　眼力初窮青草洲
　　추성도의락목천　　안력초궁청초주

⑨ 風煙非不滿目來　　不幸東南飄泊流
　　풍연비불만목래　　불행동남표박류

⑩ 中原幾處戰鼓多　　臣甫先爲天下憂
　　중원기처전고다　　신보선위천하우

⑪ 青山白水寡婦哭　　苜蓿葡萄胡馬啾
　　청산백수과부곡　　목숙포도호마추

⑫ 開元花鳥鎖繡嶺　　泣聽江南紅荳謳
　　개 원 화 조 쇄 수 령　　읍 청 강 남 홍 두 구

⑬ 西垣梧竹舊拾遺　　楚戶霜砧餘白頭
　　서 원 오 죽 구 습 유　　초 호 상 침 여 백 두

⑭ 蕭蕭孤棹犯百蠻　　百年生涯三峽舟
　　소 소 고 도 범 백 만　　백 년 생 애 삼 협 주

⑮ 風塵弟妹淚欲枯　　湖海親朋書不投
　　풍 진 제 매 루 욕 고　　호 해 친 붕 서 불 투

⑯ 如萍天地此樓高　　亂代登臨悲楚囚
　　여 평 천 지 차 루 고　　란 대 등 림 비 초 수

⑰ 西京萬事弈碁場　　北望黃屋平安否
　　서 경 만 사 혁 기 장　　북 망 황 옥 평 안 부

⑱ 巴陵春酒不成醉　　錦囊無心風物收
　　파 릉 춘 주 불 성 취　　금 낭 무 심 풍 물 수

⑲ 朝宗江漢此何地　　等閒瀟湘樓下流
　　조 종 강 한 차 하 지　　등 한 소 상 루 하 류

⑳ 蛟龍在水虎在山　　青瑣朝班年幾周
　　교 룡 재 수 호 재 산　　청 쇄 조 반 년 기 주

㉑ 君山元氣莽蒼邊　　一簾斜陽不滿鉤
　　군 산 원 기 망 창 변　　일 렴 사 양 불 만 구

㉒ 三聲楚猿喚愁生　　眼穿京華倚斗牛
　　삼 성 초 원 환 수 생　　안 천 경 화 의 두 우

◆ 註解(주해)

① 魚龍(어룡) - 두시(杜詩) 추흥(秋興)의 '어룡적막추강랭(魚龍
　　　寂寞秋江冷), 고국평거유소사(故國平居有所思)' 구(句)
　　에서 온 것으로 魚龍은 어족의 상징이다.

仲宣樓(중선루) - 중선(仲宣)은 위(魏)나라 시인 왕찬(王粲) 의 자(字). 그가 지은 등루부(登樓賦)가 있어 이 고 사에서 온 말로 여기서는 악양루(岳陽樓)를 가리킴. 악양루는 호남성 악양현 동정호의 동북안에 있는 누각.

② 梅花(매화) - 매화곡(梅花曲). 한(漢)에서 전해온 적곡(笛曲) 의 하나.

桃竹(도죽) - 도죽장(桃竹杖).

③ 烏蠻(오만) - 운남성 근처 만족이 사는 땅.

④ 春花(춘화) - 두시 춘망(春望) 중 '성춘초목심(城春草木深), 감시화천루(感時花濺樓)'구에서 온 것.

⑤ 新浦細柳(신포세류) - 두시 애강두(哀江頭)에 '강두궁전쇄천 문(江頭宮殿鎖千門), 세류신포위수록(細柳新蒲爲誰綠)' 이라고 한 곡강의 포류(蒲柳)를 말함.

⑥ 萬里船(만리선) - 두보의 완화초당(浣花草堂) 동편에 금강(錦 江)을 건너는 만리교(萬里橋)가 있었고, 이곳에 삼협 (三峽)으로 가는 배들이 정박하였다고 함.

⑦ 楚色(초색) - 초나라 땅 저물어가는 동정호의 물빛.

⑩ 天下憂(천하우) - 송나라 범중엄(范仲淹)의 악양루기(岳陽樓 記)의 '선천하지우이우(先天下之憂而憂), 후천하지락이 락(後天下之樂而樂)'구절에서 옴.

⑪ 靑山白水(청산백수) - 두시 신안리(新安吏)에 '백수모동류(白 水暮東流), 청산유곡성(靑山猶哭聲)'구가 있음.

苜蓿葡萄(목숙포도) - 두시 우목(寓目)에 '일현포도숙(一縣葡 萄熟), 추산목숙다(秋山苜蓿多)'구가 있어 인용했음.

⑫ 繡嶺(수령) - 수령궁(繡嶺宮). 이동(李洞)의 시에 '수령궁전학 발옹(繡嶺宮前鶴髮翁), 유창개원태평곡(猶唱開元太平

曲)'구가 있는데, 수령궁은 곧 현종이 양귀비와 즐기던 화청궁(華淸宮)이다.

⑬ 拾遺(습유) - 당나라 때 간관(諫官)의 직명인데 두보는 숙종 때 좌습유 벼슬을 함.

⑭ 百蠻(백만) - 백월(百越)과 같음. 초나라와 월나라 사이의 땅.

⑰ 黃屋(황옥) - 천자가 타는 수레. 그로 인하여 제왕의 기거(起居)를 말함.

⑱ 巴陵(파릉) - 악양성의 서남 교외 동정호에 임함.
  錦囊(금낭) - 당나라 때 이하(李賀)가 비단주머니를 가지고 다니며 시를 쓰면 그 속에 담았다.

⑲ 朝宗江漢(조종강한) - 모든 물이 바다로 흘러 들어가는 것이 제후(諸侯)가 천자에게 조회하는 것과 같다는 뜻 당시에는 동정호 일대를 가리킨다.

⑳ 靑瑣朝班(청쇄조반) - 청쇄는 옛날 문이나 창의 장식. 그로 인해 임금이 있는 곳을 청쇄(靑瑣)라 일컫고, 여기서 조반(朝班)을 기록하였다 함.

㉑ 君山(군산) - 동정호 가운데에 있는 산.

㉒ 三聲(삼성) - 원숭이가 울 때에 세 마디 소리를 내어 그 소리가 매우 구슬프게 들린다고 한다.

이상은 이가원(李家源) 교수의 석북문학연구(石北文學硏究)와 작고한 시인 신석초(申石艸) 선생이 편역한 석북시집(石北詩集)을 참조 인용했음을 밝혀두는바, 석초(石艸)는 석북 선생의 7대손이다.

◆ 參考文獻

1. 漢文入門 (홍신문화사)

2. 漢詩의 理解 (일지사)

3. 古文眞寶 (을유문화사)

4. 五言七言唐音 (고전강독회)

5. 唐詩三百首 (계명대 출판부)

6. 唐詩選 (을유문화사)

7. 新唐詩評 (도서출판 善)

8. 中國名詩鑑賞 (위즈온)

9. 東洋三國名漢詩選 (명문당)

10. 唐詩 (현암사)

11. 宋詩選 (명문당)

12. 箕雅集 (동창서옥)

13. 宋龜峰詩全集 (박이정)

14. 石北詩集 (명문당)

15. 金笠詩集 (고려문학사)

16. 漢詩理論 및 作法 (한시협회)

17. 漢詩詩語大辭典 (가승)

18. 漢韓大字典 (민중서림)

알기 쉽고 재미있는 漢詩 모음

초판 1쇄 발행　2019년 3월 30일
초판 2쇄 발행　2024년 8월 23일

편 저 자　신근식
발 행 자　김동구
발 행 처　명문당(1923. 10. 1 창립)
주　　　소　서울시 종로구 윤보선길 61(안국동)
　　　　　　국민은행 006-01-0483-171
전　　　화　02)733-3039, 734-4798, 733-4748(영)
팩　　　스　02)734-9209
Homepage　www.myungmundang.net
E-mail　mmdbook1@hanmail.net

등　　　록　1977. 11. 19. 제1~148호
ISBN 979-11-88020-92-8 (03810)

15,000원